文学・哲学・宗教
黄金の國

Kyoko Takase 高瀬 京子

文芸社

〈新聞社との隠語問答〉

　人類史を変える「盗撮」が生じて、出版されることになった人文書。
　こころを捉えたのは、「十界論」だった。

　1990年頃、「文学・哲学・宗教」の論文を新聞社に送ったことから、「冊子／黄金の国」を発行することになった。

　2012.11月から、四季報上場会社3千社に次の冊子5部を送付。

□□□□□□□

- ■　*NO.68*　□　熊本と福知山線脱線事故　　'11.3.19
- ■　*NO.75*　□　世界への理論構築　　　　　'12.3.9
- ■　*NO.78*　□　武士道の復活　　　　　　　'12.7.19
- ■　*NO.79*　□　日本人はどこへ　　　　　　'12.10.9
- ■　*NO.80*　□　ななしのごんべえさん　　　'12.10.19

　　　　　　　　　　　　　　　　　□□□□□□□

'12年11月19日から年末までの記録。

'13年8月、突然の出版となり、'12年の渦中の記録から、

加筆して急ぎ纏めたもの。

　A新聞社との隠語問答は26年近くになっているので、それらを纏めるだけでも大変なのだ。

　クライマックスは、'11年から'12年。

　'12.11.19（月）朝一番に上記5部を計1300の会社四季報への送付をして冊子作成で徹夜。郵便局へ行くのを含めると一通が出来るのに12行程ある。

　日本人には「所作・処作」との言葉があって、本質的に型にはめ込まれているという傾向は、あらゆる部分に波及して文化と成し、深く日本人を無意識的な束縛の下に置いている。よき伝統と同時に、束縛や抑圧は、心に鬱屈を生み、清潔、明朗ではない内面の苦に苛まれ、秘めたものとしてこじ開けられると環境を騒乱するということが生じる。他人の家の便所を覗いて、どこかにこの国を引き渡して、それを鮮明に明かした私への当てつけは、人間の境涯とは言えない。
　お言葉を返すようですが、性行動は畜生界とは言わない。

　このことこそ、人心の主体性と次元性の位置現示の具体的証拠なのだ。

　なかなか意味が理解されないと思う。

———

　人文科学の分類について簡単に触れる。
　思想の主体性と次元性の位置現示の証拠。

　中国の天台大師は、釈迦三千年（正法、像法、末法）の時間の分類中、像法に生じて、〈理の一念三千世界十界互具〉の驚異の人心の分類を現した。どういう約束事になっているのか不思議。

日蓮大聖人は〈事の一念三千世界十界互具〉を末法の我々に教示する。これほど完璧な人心の分類はないのである。この分類によって、環境と人間の次元性の所在、人心の主体性の位置が明確化する。

　釈迦———天台———日蓮
　この三者は、時間的・内容の進化が、太い手綱で繋がっている。

***** '12. 11.27（火）

（1）心の分解・性の問題と理論と事象の一致

　私にすれば、事象における相対性、相手方の反応のためには、誤った関係にある体験の事象と理論の食い違い、一致しない事象と理論の本質に迫る徹底が必要と考える。

　'11年暮れからの性情報で、理論が身体的に一致するとは限らないのが、【理と事の一致】の難しさである。
　身体的に洗脳され刻印されている実例としての性概念を、たかが1～2回の理論で納得できるものではなく無理はないのである。

　　　表層解釈　理と事の不一致
　　　深層解釈　理と事の一致

　この各次元の解釈、関係性が作り変える判断結果によって、各別物の構成・世界が成立する。隠語（本音）と建前は交じり合っているけれど各構成されている領域は、表層解釈と深層解釈に分ければ別物の世界観を現じる。次元性という解釈が別枠となる巨大な世界観を捉える領域を指しているので、目前の事象の整合性と同一とすることはできない。

　解釈には、表層解釈と深層解釈が生じているとして、現状は行動に於ける事象と理論の一致とその確定は、生じていないので、意識されたことのない現状の不自然性を捉えることから、その基本的事態と初めて対峙することになる。
　人々は信じている思想、というより自己、及び社会行動の中身を分解したことがなく、曲がっていようが、現状承認の

「そういうものだ」で思考の停止が起きて行動に及んでいる。
　タブー、触れてはならないもの、穢れ的な解釈にあって闇に葬られてきた自他の関係に危害は起こりにくい問題、性問題も、人間に植えつけられた誤った熱量発散にあって怖さは付き纏う。
　思想進化としても、排泄すら揶揄対象だった生理現象を解消するのに百年掛かっている。
　事象と理論の一致の具体性は、少なくないのではないか。その由来は深層次元を言うからである。
　あるいは別観点として切り離された、ちぐはぐなものではなく一致すべきものだが、そのように存在する別観念自体が生じておらず、現状の理は、優先する行動に添うものとして、行動確定に依拠するものとしての存在意義にある。
　この発想自体が前代未聞であるだろう。
　行動に対して、理として自己承認は行われていない。理の慣習にもない。理の意識が明白でなく曖昧な為、理に適わぬ行動をしているとは思ってもみないということの上で成り立っている、ある意味で逼迫、切迫した恐ろしい事態の現出、相互にそっぽをむく思想と慣性的な身体性が同時に作動するという歴史的な事態を扱う。
　思想の頭と身体性が正反対で、同一の立像として成り立っている。
　この忍びよって、溶け込んで同時に成立した半人対怪獣の立像の癒着、分解。

　理想の全体像の掌握（正直な理論と身体性の一致）

　心の機能と性問題の指摘【嘘の回流を人々は事象（行動）で証明した】（事として起こるべく動は、無意識に確定されている）。

自己の心の構造に手を入れられたことのない人々に、性問題こそは、本心の回流を正直に吐露できる唯一の方法なのだ。その心性の最大の捻じ曲がりに該当する。この点、自己消化している側からすると、恥ずかしい自己の姿には一向お構いなしの、無感覚で露骨な本心暴露に本当にタジタジ、恐れ戦いてこちらが隠れてしまいたい姿態をお晒しになる。このギャップは何か。見ている本質、次元の格差、精神世界の存在と所在の位置の違いを問われていると思う。
　性問題以外の事象で、本心の吐露は生じない。どの人文通路も真っ正直さは差し障りが生じ、必ず、相互迷惑を及ぼすことになる。それほど嘘に固められた世界にあるということで、油断をして、本心吐露ができるのは性の問題！　だと自然界が用意する。
　こういう文書を明らかにするには、性に関することであれば何でもよいのである。

　人類史は、この点を清算できない限り、美は生じない。

　見慣れないものの衝撃、本来、タブーとされてきたことの現実は、生理の不条理の制圧であったのに、私は条理としたから解釈が違う、との対立になる。
　精神的にひた隠しに隠して鬱屈の物流を抱えた排泄に対する観念も、科学視との哲学的世界観が広まるにつれ、揶揄や蔑視の感情の滞溜が消えていくことになる。

　性の問題は生と最も深く結んで、遺棄される領域であり、鬱屈の度合いが強いから、内在の秘めた爆発は空恐ろしく、化け物の形相を湛えて、まさに本能の燃え盛る炎のようだ。'11年暮れからＴＶ画面、新聞紙上には赤、赤、赤が狂乱し、街に出ると赤い車、車、車が連なり、赤い服が行き交った。

曖昧で茫洋として掴み所のない、困難の極みだった「人心」の概念は、「一念三千世界十界互具論」で、簡潔に明らかにされた。私にとって、この理論との出会いは衝撃だった。そういう意味では、この後、この文中に出てくる"組織"には、出会いを齎してくれた〈感謝〉の気持ちを持っている。
　人間に心の種別が備わるので、澄んで、平静であるのに対して、歪んだ精神の力は、具体例としての性問題にこそ集結しており、無意識から自己の姿への意識化、目が覚める経緯を経て、自分で気付かない自己に気付かなくてはならない問題として、機会を掴んで取り上げることとなる。
　先日、ＴＶでは人形の立体像を以て、出産現場を再現することを行った。
　ひた隠す一方、人間の本質は、どうしてもそこまで迫りたいのである。
　また、生理に対して滞溜が汚濁を生む母体であることを、自然界は解きほぐす時としたのではないか。

　　　　「もののけ」　と　「世界の潮流」

　性の扱いによる汚濁を社会から消し去り、現存備わっている人体の働きに対して、姑息に悪の手段として利用され、人間や社会を貶めるという位置から脱皮しなくてはならないのだ。

　戦後、ＴＶが普及し始めたころ、動物の性行動の映像を初めて具体的に見て、どっきりしたのと同じようなものである。

　そういう意味では――抑圧の病――とは感情に住み着いて、汚い毒素を抱えており、個人の内部感情が整備されていないことは、心地よい清潔な社会形成にはなっていないことになる。

心地よい社会形成ということについては、実に、この性情報から付帯して、我々が凭れかかって安心していた根源的な精神形成の土壌、《次元性》と《本音と建前》の世界観が現われてくるのだった。

　歪んだ土壌を利用しようとする力が生じ、世紀の清算の時、何か差し迫っている時でもあるようである。

　それと性における観念が、巨大な秘密性にあるので、自然体で受け止めない非自然性には、病巣を消し去る作用が働かない巨大な構造的障壁が生じていることになる。刻印の半獣半人の制御はいかにコントロールするのか、慣性の実存ではなく、選択されるのは意識化すること、精神の作用が働くことだ。

　誰だってその快楽を否定することなどできない。それが否応のない生理としての真相で、素直に認めることが行われてよいのだが、悪相みたいに隠蔽する。それの正統評価に預からず、卑しいもの扱いは、曲がりものはどこまでも曲がりものの作用が続く。
　ヨーロッパ文学の性描写は、快楽とこの世の最高美に通ずる歓喜を余すところなく伝えていて、それこそ生の極限を謳歌する。世界観の扱い方が違うのは、文化、環境、日本独自の秘めた美に通じているのだが、その解放されない巨大なる弱点を利用するという視点が発生すると、人間の心が不気味と感じている不気味さが強調される。排泄情報に次ぐ、性の位置確定がきちんと整備されていないのだ。
　これらの性情報はこの国の最終危機と絡んで現れてきた。

　性の抑圧課題は、想像するだけでも猛々しく、そら恐ろしく感じられるものだったが、これを解くのは尋常ではなく、

一体どうなるのだろうかと訝しく思う息苦しさだった。社会が解放していない吐息は怪しいものを漂わせる。まさか自己自演が晒されるとは思わなかった。

　敗戦国だったから可能となった。

　真相と真実を求めて、いつも安易な道は選ばず、困難な選択をしてきた結果、溜まりに溜まった穢い抑圧の社会解放の餌となるのだった。

　本来、忘却すべき、隠されている性行動が穢いのではなく、排泄同様の人体の営みに敢て、絡むのを好む人種がいて、日本を覆う原始人行為がされたということだ。

　皆さん、ご自分を憚っているようだが、性行動を原始人行為とは言わない。

　また、それを行わない動物はいない。

　有形無形で関与する人々には、それがどういう意味か解らない、ただ衝撃の方が強すぎるという意味にしか捉えられないだろうと思う。

　どうしてそれが社会化したかの意味について考えてみよう。

　世界が関わる盗撮があり、外国籍にばら撒かれた。

　昔からの観念は科学的にも正しいとは言えない。

　事実あるものを表層認識では隠す、筋は通らないとしか扱えない、意味があるのに意味がないものとして、見えるものを見ないとして、感覚としてあるものをなしとして、つまり、嘘、筋を曲げ、白紙の心的内在をさせない。この根源的な領域への人間の黒い執着、無明（明かりのない世界）は恐るべきもの。

　精神土台は、白紙から始まらなくてはならないものなのである。

　白紙から始まらないで、慣例から始まり、歴史痕跡上に不正直の集積を重ねてきたのが土台形成の理由だ。真相の科学は真相として通過させて、生理は排泄同様に、社会上に持ち出すものではなく忘却すべきものを、そうはいかなかったの

は、隠蔽扱いにしたからだ。
　鬱屈の穢い物性を心に蓄えるという余計なことをしたのだ。
　日本人は、ある誘導にのって、この自国の危機など眼中になく、赤、赤、情報に狂奔した。生理に管理は必要ない、基本態の綜合認識に至らず、そのメカニズムに蓋をするから、人間の生活の安定を脅かす盗撮意識が生じるのだ。絵画的人文の吸収は、人間の実験などという人権侵害の方途は取られるべきではなく、全て一つの侵害を通せば真似をされることを意味している。
　隠蔽された法の秩序違反に法を取り締まる資格、権威はない。
　気味の悪い人間がいる限り、人文の深層領域の活写の頭脳プレーをするべきであり、深層領域が開かれないからといって人間を貶めて得るものではなく、動物態でみっともなく、厚顔行為そのものだ。原発同様に非理にあり、押し通す時代、一刻も早く引き払うべきだ。肝心の人文の科学性は無知段階。欲望のみの進化は、異常事態の伸展にある。
　ある一線を守るのは、安らぎを得ることだが、一線を守る、守らないの動機が損得から発している時、卑しく、醜いものとなる。

　最初、新聞社に論文を送ったのは、人文科学としての仏教内容に世紀の発見に値する価値を見出していただけの理由だった。
　その団体が外国籍であることを知ったのはほんの数年前だ。

　理論が通じるとばかり思っていた、生の範囲でも自国人に貶められてきた。
　二重におかしい国になっている所への、私の無防備な論文（ちっぽけな私が感じたことは、他の人にとっても同じ価値があった！）は、思いがけないざわめきを齎した。論文は真

実を述べただけであったが、日本国に関して「正直」は都合が悪い組織体が存在したのだ。
　そして、ここに記す時間がないが、私にはいくつもの『もののけ現象』が起きた──もののけ姫──とは、わたしが夢にも知らなかった──蛇の視線──が付けた名なのだ。

　そこには盗撮という巨大な犯罪行為があった。
　抽象の秘密は解きにくいが、具象に於ける秘密は必ず露見するし既に承知されていること。
　事象として現れて抱えている事象解釈が出きらない段階性で、秘密を抱えた醜悪な社会は、病巣を明かす必然に迫られていたことになる。

　盗撮に関わったのが、私の正直な論文送付に対抗したある組織であることは明白だ。

　性の問題は、西欧の映画にはおおっぴらではないが生じていた。しかし、キリスト教と社会科学の解析に未だ至っていない西欧にとっても空気を憚る扱いであるのは事実だ。日本は隠蔽のみに固執するしか、〈縁覚界〉が発達するまで理解に及ばない。本質に迫る西欧が、このことの葛藤をせずに済ますはずがないのだ。

　人々の感覚からすれば、そんなことをした！　との非難にあるだろうが、何度も言うようだが、他人の家の便所に顔を突っ込むな！
　この背景には日本の未来が掛かっていると怒鳴ってボクサーにでもなりたい気分である。

　リアルに存在することは、隠蔽しようがないのが実相。
　アメリカ映画『ガラスの家』、15年ほど前にTVが扱った。

建物内の10軒ほどの家庭の各部屋が画面に出ていて、生活の一部始終が映し出されて観察者の姿があるという意味が、咄嗟に理解ができなかった。その時もまだ事情には通じていない。

　人々が最も知りたいことは、抑圧の抑圧にあるシングル性は、自分のことは棚に上げて、その生理の非自然性に対していかなる不自然性に堪えているか、下劣な興味に満ち満ちていたに違いない。

［科学として真理追究の意図というなら、性の問題のみではない人文科学としての人文領域の土台、源から、顧みたことのない次元性についてまで、真摯な態度を以て向き合うべきなのだ。学問に不正直さは許されない。人権を踏み躙った覚悟を、そちらも受け持つべきだろう。］
　その映画の場面にカップル性が扱われていたようだが、それらに人々は衝撃や赤い狂奔の感情は起こらなかった。既に、慣れと免疫済みの経過があったからだ。
　それに人間は、本能としてあらゆることは承知している。
　真相を真相と認識して忘却しているのは自然体。隠蔽して非認知としたからそれが適わなかったのだ。
　冷静に頭脳が働けば、自己行為の本質と同じという解釈が生じるのだ。あるいは抑圧にあるからといって知られたことだ。性は不明確で、穢い位置に押し込められていたのだ。備わる事象に対して、穢いイメージを抱く人間に重大な問題があるのだ。おかしいのは相手ではなく、煽動に乗る自分ではないか。
　頭脳が働かない、使わない、ということは動物態の証明である。
　その同じ頭脳の指令による身体行動は抑圧の塊という怖ろしい熱量を蓄えていれば、堰き止められていた精神の物流の作用から噴火と排出の営みをしなければ収まりは付かなかっ

た。
　頭脳の指令に蓄えられていた情報とは何か。
　自然性を捩じ曲げた嘘、物流の回路の不自然性だった。

　この国は、なんという国？

　もう一つの外部から蹂躙される、最後、そのTVが映す画面は蹴散らすように叩き割られる。
　盗撮行為は人間が人間に行う最も、下品で、おぞましい行為、不気味で感覚の悪寒を齎す犯罪との定義にある行為だが、不潔な頭脳の働きを抱えた人類の意志は、収まらなかった。

　問題は、自浄能力が働かなかった。

　人文に於ける人類の頭脳は嘘と真の逆転段階にいて、汚物物性に塗れ、抱え、脱皮の時を迎えたのだ。

　現実の男は、盗撮を行ったとして、逮捕だ。

　卑しい盗撮の果て、生理や排泄領域への執着とでも見えるこだわりは、社会から解消して、消去、真に清潔な精神社会を形成するのが早急な務め。
　動物界ではなく人間界として生きるのが目標なら、最後の生理性に異常な拘りを抱く心性の汚濁を社会から抹殺。
　非科学としての〈武士道〉の部分性でもある。

　排泄に、生理に、社会が赤、赤となって関与をするのを正当と考えますか。

【性は生理・恥ではない】　VS　【性の生理が生じているの

は恥】
　　――――――――（1）心の分解・性の問題と理論と事象の一致

***** '12. 11.25（日）

（2）表層次元の土台にあって矛盾にあるもの

　'11年暮れから性に関する情報3件目。

　人間は本来基礎的な領域にあって自由なものだが、抑圧のかかる社会とは、どうして成り立っているかといえば、人文の基礎領域が科学として確かめられたことはなく制限性の社会、慣例を信じて疑わない上に成り立っている理由にある。そもそも人文の基礎領域という発想自体が考えられたことはないのである。
〈この問題は、論文として別枠の説明が必要な重要事項〉
　人文科学は未発達段階である。
　正確ではなく、関係性の因果を取り落としているかもしれない、ものの制限性にある社会は、先ず、決め事の細部の因果が正確に掌握されていないので、法則としての因果が合致せず、目に見えない食い違いが生じる。

　次元性の土台という問題に行き着くことになると、精緻なる関係性に至らないということになり、因果の法則に適わぬ条理、現実的な形相を観ても明らかな矛盾にあるということが解ってくる。

　我々の現状は、歴史の段階性にあり、未開部分が生じているとの認識が発生してくる。
〈まだ百年前、フロイトが深層心理の扉を開いたばかりだ〉
　ここには現状から、尚、未開の深層心理の世界観が浮上してくる。
　上記、表層次元、深層次元は、自ずから開かれてくる世界

観なのである。
　未開の深層心理は、宇宙条理である人心のより正確な通路であるから、現況はまだ、未発達状態である、との謙虚な姿勢は必要であると思われる。

　歴史的に、「既往概念」に対して「白紙概念」が存在することに着目する必要がありそうである。

　　　「既往概念」　　表層解釈

　　　「白紙概念」　　深層解釈

　表層次元にあっては、その表層分野である現状の位置は最上にしか見えない。深層領域の関係性の拡大、理論の重層、精緻な関係の掘り出し、等の未開発領域の余裕が発生していないからである。

　社会科学における形而上の世界観とは、元々、広い世界観での正義と深層の細部観念の取り出しと価値の遂行に至ることを述べなくてはならないものなのだ。
　深層領域のヨーロッパの精緻が、視点を変えた次元性についての社会科学そのものに目を向けられたという機会はない。日本が受け取ったのは深層世界へと拡大する領域の存在を教えられたということだ。【十界論】が生じている日本国なので、西欧がその別格の価値を生ぜしめているということを知ることになる。その領域なしに、人間も社会も説明をし切れない。

　そして、生活者の細部に視点が当てられ、社会科学としての表層領域と深層領域は浮上してくる。

表層領域と深層領域が、人間と生活を大きく二分する利益要素としての領域区分に該当するかどうかは、この場合、適当な言い回しではない。該当することもある。
　数学対形而上という二つの学問分野が、性質として、人間と生活にとって異なった分野の各利益要素であるということになる。
　要は、人間生活にとって、その両者は切り離すことなく重要で、不可欠に必要事項なのだ。順序的な発達は、環境的な個体の独立を果たす事が先で、次いで音楽を感受するに至る。画期的にそれの総合需要が推し進められる前までは、それなりのバランスで進化前の生活は凌ぐことができた。爆発的な学問進化の勢いにあって、やはり人間の本能は、順序的な発達を牽引しようとするのは自然体だ。
　今日のＰＣの基であるヨーロッパの数学の発展について、どこかでも触れたが、人間や社会の持つ要素は数字、数学の魔術で解明、創造性に富むことになるが、形而上学の世界観に数学は当てはまらない。置いてきぼりにされた別領域である。

　ＰＣは人間の全域に及ぶ世界観の要素、系統の纏め、計数を以て未知を切り開く創造性、無駄の削除等、人間にとって生存に価値を生む利便性、機能性には優れている。それで、人間の存在感にあって、それらの事のみに価値を置くことになれば、それで大いなる満足ということになるだろう。そういうものとすれば、それで満足してしまうものかもしれない。どこまで追求したところで、満たしている部分というのは、ある限定性にある、味気なさの回転ということに気が付いてしまう。人間は、それだけでは納まらないものではないかと考える。何か欠けていないだろうか。何が欠けているのだろうか。
　数学が社会科学として発達したのは、今日の生活を支える

あらゆる場面、インフラ、建築、医療、産業、経済等の基礎的な領域を整えたのだ。

　ＰＣ価値観が大隆盛の時代は、それら、あらゆる科学発展の土台にあって、優雅で利便に富んだ快適な生を送っているかのように見えるが、実は、優雅などという言葉もどこかに吹っ飛んでしまった、素っ気ない、空疎で、乾燥した地殻が足元に忍び寄っているという気持がする。

　生存の意味の半分は満たされたとしても、人間としての根源的欲求、パスカルがデカルトの欠落を見抜き、批判したヨーロッパの郷愁と魅力は、実に、数学と科学のもう一方の偉大なる人文領域に鏤（ちりば）められて存在していた。そこにこそ、優雅なる感覚は発生して充足を齎す。その心中に広がる豊饒なる海を取り戻し、一方の充足が適った現在、両輪としての生を獲得しなくてはならない。
　形而上を産出する内面性の写実を司る物性群というものがある。
　膨大で、複雑多岐に亘る関係性の追求、異次元に導かれる写実の力には及ばない日本は、しかし、どの国にも勝って、その具体性の重要な幾つかを表現して、手本を実証とした。

　物事の決定とは、どういう経緯で行われてきたのか。

　　表層次元　　科学として確定されない曖昧、歴史的に不確実な慣例等に依って、組み込まれる思考、概念が多い。

　　深層次元　　正確には、理論と事象の一致とは道理を引き出すものであり、「白紙」から、物事の

思考と判断は始まるべきものである。
「表層次元」の関係性と結果が異なっていく。

　ただ、順序を遡れば、曖昧なものの確定に誤りは無いとは言い切れず、些少な矛盾は、歴史的な時の積み重ねによって、どのような累積物となるか。その上で、既往形成されてしまった社会の価値観は狭義を生むのではないかと考えられる。表層次元が生じる理由である。

　抑圧が発生するのは、素直な次元（深層・本音）と歪んだ次元（表層・建前）での落差で起り、狭い領域の表層解釈の短縮判断を、異様態となるのに押し込まれる受容体となる。表層解釈の関係性が行き届かなくて、疎漏が生じて歪む。
　精緻、緻密と捉えない自然体を歪めて解釈するのが、すでに正しいとは言い難く、科学といわれる探求は、見えない非自然体の組み合う細部を解いて行く営みなのだ。

　抑圧の掛からない人の行動は、自由だからよいことにも、あるいは観念的に悪いとされていても矛盾を感じれば突破する本音行動が出来る。

　抑圧社会で、だから最低の犯罪行為の盗撮にあった上に、自然体を歪め、なぶり者の畜生扱いされ、同調する自国人含めてどちらが畜生なのか。「赤、赤、赤の表示は、私ではないでしょう。競売物件の広告はあなた方が相応しいでしょう。度々、言及していますが、比較が生じている基準には、次元性が絡む。自己表示の行為とは、正にご自分の表示そのものなのです」。赤、赤、赤の溢れ返る見苦しい表示は、実に多数者なのだ。

例えば生理性機能とは意志として発生しているものではない、天から与えられた受容体としての自然態の機能であるが、無（嘘）として扱い、誤魔化しが巧みな技法となって非認知の性が社会化した。
　心性の捩れの発生を創出されるので抑圧の人々が生じることになる。本音行動では、生理は有（真）として正直である。それの定着と時間速度が一体化しているのが慣性。事実を曲げた非合理と、「そういうものだ」の受け取りで、理の発生は遮断され、不可能となる。「理論」と「事象（行動）」の分離と各確認が必要だが、その上、「理論」と「事象」は一致して身体性の行動は平穏となるのだが、実際は、「理論」と「行動」を各直視する、切り分けの機会は生じていない。互いにそっぽを向いている。
　その状態は、全く無意識状態に置かれている。

　その指摘をされても、人々は呆気に取られるだけだろう。
　その発想は、意識された事がないのが実情となる。
　デキモノのような嘘、非科学的な解釈が幾層にも重なり、生地の白紙の土台とそこからの解釈は全く見る事が出来ないという例が、どれだけ定着していることか。

　物事の確定は、人間と社会の根幹を成すので、深層領域の白紙から第一歩が始まらなくてはならない。

　この辺りの人類のやり取り、呼吸は、あ、うんで纏まる。
　事実、真相に反しても【そういうものだ】が法律化する。
　呑まれた人々は、誰も指摘することをしてこなかったので、意識に至らないという世界の巨大統制が適ったのだ。一種の催眠術、夢遊病の類である。
　大方は損得や不正直な思惑が絡んだ醜い継ぎはぎ手術……。

物事の判断には、【十界論】の如何なる主体性が、その位置、境涯を確定しているかということが問われる。
【四悪・動物界】なる判断か。
【六道】なる主体性か。
【四聖・精神界・武士道】なる領域に達しているか。

　社会には領域の拡大は隠されている。
　真理に気付いて意図して隠したのではないが、人間の未発達性を物語るもので、人間性の中の動物界と精神界の葛藤の経緯でもある。

　科学万能の時代に、人間世界にのみ嘘をして【そういうものだ】の非理が罷り通る。科学性の探求の内でも、最も原始、そして遅れているのが、人間の内容で〈筋道〉の〈精神性〉よりも、〈損得〉の〈動物性〉に引き回される人文領域は手に負えないのである。
　他の分野で熟成の理論と分野開拓が進行しても、実は、人文分野にあって、物質のみを相手にするのではない、矯正の適いにくい、道理が通りにくいのが、損得の本能を優先させる人間を相手とする人文分野の難関なのだ。理に適っても都合が悪ければ、通さない力量、曲げる熱量が発生してくるからだ。
　現状が、ある出来上がった既成観念の上に成立っているということだ。それは白紙の出発から始まって、考えられたことではない累積であるということ。

　人類が罷って来た　病理の野放し。
　弱小なる人間の主体性の位置は、【十界論】の〈仏界〉に極まり、正義と責任の遂行にいたるのが理想。

人間の内面は、人間が克服するしかないので、行動における〈恥概念〉を如何に正統の位置付けとすることが出来るか。

　1通の診断書は、インド、中国、日本を経由し、三千年の眠りから醒める　釈迦・日蓮仏法の【理と事の一念三千世界十界互具論】と共に顕現してきた。

　　　　　人文秩序の全域に関わる　《理の正統》
　　　　　日本に生じた　　　　　　　《事の正統》【武士道】
の二つは重要課題なのだ。
　だから西欧の理論の発達が鍵なのだ。
　西欧の特徴は、《理論・「縁覚界」》の領域が社会の主体性として表現されて、日本の中世はそれを持つことなく、《事象・行動》のみが顕現した。
　武士道は、憲法、法律制定者としての実行有資格者にあったようである。【十界論】の秘匿の〈仏界〉にあって、「正義」と「責任」は明かされるが、武士道で「正義」と「責任」が《事象》として備わっていたのは凄いこと！　日本！と考えられる。
　但し、真の【仏界】は、正統なる【日蓮正宗】に縁せずして、発現することはあり得ない、とは言うまでもないことだ。
　人間を治める人間としての資格は、個や多数ではなく、日本の場合、世界に名を馳せる「社会規範」として有効化した《武士道》として定置した。それがどうして生じたかは判らない。
　日本独自の哲学の実行なのだが、中国からの深奥なる人倫伝道の上に、最終仏教国としての人倫の柱、骨格を貫徹、実行とした因縁によると解釈される。
　そこには、人間としての重要な要素が不可欠に要求されている。
　　　　（1）　欲に惑わされないで高潔であることは不正や歪

みを生まない
　(2)　正義と責任の遂行
　(3)　真実を通す勇気・柱、骨格の貫徹

　要素として働く心の物性は、各種宝石の類。
　人間に備わって、用いるか、用いないかは、物質認識として取り出された上で、選択される自主性、技術力の配置の問題である。
　要(かなめ)の役割を果たしているのは【恥】概念である。
　次いで、【誇り】の領域が生じて、動物界も所有とする人間は人間となる。
　日本人としての眠れる血脈。
『武士道』は、他のどこの国にもなかった形而上学の手本を実行した日本国の業(わざ)であり、世界が求め、世界に通用していく重要課題ではなかったか。
　形而上学とは、形のないものを、なくて当たり前として通過させてしまうのではなく、明確な形状として、高潔、正義、勇気、誠実、責任を姿のある形として浮上させる世界視なのである。
　意図して意識が働けば、それらは物性として姿を現し、行動と結果が変わる。慣性の錘に引きずられるか、意識という心の働きを叩き起こすか。引いては、環境と自己との熾烈な闘いが生じなくてはならない。現今のような、それらの要素が無の時代には。
　損得の欲も、眼に映らない心から発して、世界を動かす。欲を主体性の位置に据えると、世界は滅びてしまうのが、歴史的にも証明とするところだ。
　マヤ文明、インカ帝国、イースター島。
　歴史的な日本の【武士道】に関わる限り、ここを精神界の基底として安定した発展をしていくことになる。
　そして、それは世界の問題なのである。

形而上学の社会科学化のみが、思考、行動化として認識されていなかったのだ。

　実際、それは【武士道】として、世界にポツリと灯火は生じていたのである。
　加えて、それを確定、証明をする【事象の十界論】が生じている国なのである。
　多数参加の熟練の深層理論を以て、人文秩序を顕現化する。「真をねじ伏せて、ねじ伏せたものが堂々と社会に現れるのが表層領域」。　隠語問答はその最たるものに反する深層世界を述べている。生物体である人文社会の巨大な網目は二重構造の現実が働き、その表層社会で社会化していない深層が隠語で技術補佐をする。本音人間と社会にとって、（非理）嘘っぱちやいい加減では、人間を逼迫へと追い詰め、苦と感じるのは（理）と（事）が食い違っていることを明かしている。健常体として（理）と（事）は一致しなければならないものなのだ。表層社会では（理）（事）認識が既に生じない、表層として敷かれた岩盤から現れようがない。人々の埋没している意識は、どうやって這い出て明晰さに届くのか。集積している要素からもののけを通じて性問題は明かされる。社会に領域の拡大という関係性は隠されている。

──────（２）表層次元の土台にあって矛盾にあるもの

***** '12. 11.25（日）

（3）隠された領域（武士道の顕現）

　実際に人々はそんなことは承知しているが、格別の不可侵領域を設定された歴史に反応するのみだ。
　それで次元の非正常の具体性の実相を明かす手がかりを掴むことになる。
　不可侵領域を信頼している自己範囲の観念限界というものがあって、理論は生じていないが何が壊れたかは判らないが「カップル性は意識に昇らず、シングル性は赤対応の反応をする矛盾で平定していた自己内構造の岩盤が揺れる？　事象の自己内部配置と外部配置に差別、嘘があり、同一が同一とはならない違いの衝撃は走らない？」

　いくら多数だからと言って、不可侵領域、形成された巨大ゴミ内蔵が、正常に戻るべき自然性（カップル性＝シングル性）の真に対して、嘘つきの批判行動を以て放置されなくてはならないか。
　理が通らない不可侵領域が動物社会ではない、人間社会になぜ、置き忘れられたままでいるのか。

　有（生理性）を無（生理性）とする捩じ曲げ、嘘が行われる。
　あらゆる社会の土台が、表層領域として、深層領域の真の世界に至っていない導入点を捉える切っ掛けとなるのである。

　異なった世界（深層・真）が開ける、とはこういうことだ。ここから人文科学は始まればいいのである。
　これまで様々な問題に関わっても、一切の沈黙、巨大な嘘

に対して本音は漏らすことが出来ない、反応がないのは、社会では隠されている領域があるということで、現行のままで、正直であることを明かせない。正直である事ができない矛盾とは、何事であるのか。
　このことの現実は痛いほどの事実であり、確かな証拠なのだが、ここが重大問題なのだ。

　それを誰も指摘してこなかった。世界がそれで固まっているのに、何がしかの切っ掛けでも生じないと、現れようがない人間の生と社会に関する根幹の問題だった。

「性の問題とは生理に尽きるので表層問題」となり、私が指摘しようとした背景「深刻な深層問題」は重要事、国の根幹に関わると言うのに、人々は震え上がって萎縮している。自己萎縮（黒・狭量）は棚に上げ、萎縮しない私（白）の正常さを欠点と置き換える真っ逆さまの解釈が社会化する。善悪・白黒・自然性・非自然性の逆転形成である。この逆転の真相社会の定着は重大だ。

　性的な問題を理由に、曲がっている嘘でも決められたことを守れ、自分たちは中身を考えたこともないが、決められたことは守っている、守るべきだ！の抗議の積もりで、口を開き本音で話し合う基本的作法も社会化していない、本音（深層）でものが喋れない、考えない、この問題提起の主題だ。

　この場合、理、筋道はなく、ただ単純に現状肯定の平定を守りたい、としているのだろう。
　自己意志は存在しないから、「そういうものだ」の概念の中、意地も生じず、目先の損得？　巨大性には絶対逆らわない、との思いがあるのだ。

この集結こそ　諸々の原始性の恐竜！
　本来の個の自己は姿を現さない、軟体状態から引き剥がされるように与する同化行動は、自己存在の位置証明であり、中立は許されないという仕組みになっている。それだってその事態が何であるかぐらいは認識しているだろうに。
　なぜ、中立の態度の表明はできないのだろうか、と感じたものだが、中立の態度は、次なる態度を迫られることになり、損得勘定の領域に決着を付けておかなければ決断できないだろう。
　その内面性の心性の循環とは、真言宗等の宗教汚染による諦念が色濃いと考えられる。
　宗教には、心性とその生活に重大な影響を齎す、信仰対象である思想に『帰命』の言葉があり、精神上の合衝作用が働き、立宗者と同等思想の支配を受ける模様である。
　自己の宗教姿勢に対して、真の知識は得られていなくて、広義では捉えることはしていないのである。ごく普通に、人文における因果の法則の作用が働いているとは、漠然としていても人々の認識済みであるだろう。
　我々にとってその具体的理解に及ぶのが、【一念三千世界十界互具論・三世間】による【理論と事象】の一致。実存の証明となる。
　簡潔に言い表している真理。
【三世両重の因果／十二因縁】【空化中の三諦】等、人文条理の隅々まで真相を捉えた驚愕すべき写実の理論が存在する。仏教の時間の扱いを見ても、想像を絶する単位【劫】は、生命の永遠なること、そこでの生命の因果応報を説いていること、仏教が掌握している対象が一個人の人間と宇宙との関係であることが理解される。
　広義とは、宇宙原理の法則。
「真なる宗教」は、【末法の日蓮仏法】。
　この国は、武士道精神が働いた国だ。

そして、それが出来た背景には、末法の御本仏・日蓮大聖人が出現の国の位と格にあって、宇宙を掌握した力強い精神力の骨格にあったからではないかと推測される。宗教とは、生活の基に位置し、宇宙力を伴った精神世界の働きが伴い、想像を絶する精密なる因果法則が生じているようである。

　慣性の身体性にがんじがらめに縛られて、既に、頭脳は同一周期に固く固定、停止したまま熱量は、動物としてのみ発揮、ロボットとして動く。
　誤り、嘘は頭脳から排除して、誤り、嘘を追い出したら、頭脳内は白紙になるのである。誤りは誤りで、嘘は嘘だ！嘘に引きずりまわされることはないのだ。でも、単純に、決められたことだ、の自縛にあるので、個人内部に思考力が起きて、その関係性に決着を付ける、決められたことではなく、どちらが正しい選択か、分断かの意志が起きれば、同化の塊から分離した自己確立が生じる。
　実行動は難しくても、頭脳整理はできる。
　追々、頭脳は白紙にして、本音、真と交換作業をしなくてはならない。
　目覚めれば、自己に嘘を吐く行動を自己に迫るのは、精神と生理的機能の関係として、どういう因果関係が生じているだろうか。
　この精神の誤りを、キャンバス画である自己の肉体に強要して、確定化し、鋳型に嵌めこむのは残酷そのものではないか、無意識の圧力で否応なく行われている歪んだ営みは、病の要素誘発と関係がないだろうかと考えてみたりする。
　人間精神と肉体に刻印される因果の法則は生じて当然ではないのか。

　その意識分断が行われていない。

———自己確立などと、学校でも教えない。歴史の人々はお上に対して、従順たることを骨身に沁みこませて、空気のように取り込んできた。右へ倣え！　人と同じことをしていれば、無難に過ごすことができた。
　環境として一体化している中で、島国の内向性はグローバル時代を控えて致命的な精神構造を抱えていた。西欧の持つ深層領域から表層として現れてくる技術、知識、交流等の結果は、真に存在する深奥を辿るには、時間的にも到達しかねる。
　縁覚界は、格別、難解な目に見えない精神力から発している。
　しかし、奇跡のような段階を乗り越え（武士思想の骨格・イギリス憲法に匹敵すると称えられた武士道の本質は、正直さの実行の力にある）、明治維新のお蔭で、各個人の自立、自由、権利、生の基本に目覚めさせる西欧の学問や見聞は、日本の精神の解放を行ったが、部分であって、それは成り行きとしか言いようがなく、深層拡散の教育に至らなかった。
　時代が下って、戦争を経て、日本に武士の骨格は消失した。
　武士はおらず、精神の何たるかの形式もない総大衆化時代となる。
　精神の骨格なしの世代に逼迫するのは何？

　あっと気が付いたら時代は変化し、自分の国なのか？
　そのような意識も働かないかもしれない。
　どうしていいか判らない。
　戦後教育も半世紀を経て、自己主張も自己意志も存在しないではないか。
　相変わらず、右へ倣え！　で意志表示はできない。
　日蓮仏法を戴く日本は世界一の人文の国であり、国民である。
　ここまで逼迫したこの場合の躊躇は〈武士の恥〉に該当する。

右へ倣え！　には、自己への責任が抜け落ちている。
　理論も発生せず〈武士道〉は、もっとも難しい責任の取り方を深層領域の要、証拠の〈事象〉として顕現したのである。

　武士道は、特権階級にあって、しかもその教育と背景があって成立した社会規範だったので、〈精神力の働き〉がそこに身を置けば体得できる伝統として存在した。
　武士道の何たるかが消えた現状で、自己の本音を隠し、追従の姿勢、慣例から、突如、恥だ！　自己責任！　と言われても面食らうだろうが、各人、自由、権利、良識の行動を心掛けないと、本物とは言いがたい民主主義がしっかり根を下ろす前に、人文道理の世界的危機に巻き込まれる懸念が生じる時代を迎えている。
　差し迫った時代となって、世界的に何かが狂ったことが常態化している。
　依正不二の原理、人間内部と環境の不一致による精神界と環境の異変。

　'12.10.4　朝刊　オピニオン　グローバル化の裏側。
　我々の住む、次元の問題に絡む人心領域の根源的土台検証の逼迫にある。
　　既に、人類が追い詰められている現状だと思う。

　　　──────（3）隠された領域（武士道の顕現）

***** '12. 11.25（日）

（4）白紙領域（深層）と汚染領域（表層）

〈事と理の一致〉という解釈はかつて生じたか？
　汚染領域では存在することはあり得ない。

【理性と筋道の判断の根源的土台】
　法律制定以前の基礎を成す広大な無意識的土壌を指す。

　物事の判断に於ける身に付いた身体性の行動とは、多くは本能が優先する行動の確定で、歴史と時間はやみくもに信頼と敬意に表せられて、慣性として継承されるのだが、本当に正しかっただろうか。
　世界認識の基礎、各行動についての頭脳精査は一切されていないという驚くべき事実の上に成り立っているのだ。人間にとって、本能のみの決定とは危険が生じうる生の範疇なのだ。
　対するのが、頭脳経由の理性と筋道の判断が領域として存在する。
（理）と（事）の一致の世界観である。

　それを人文科学と称するとしても、過去、根源的な領域把握には至っていない。本来「白紙領域」を頂点として、派生と決定は行われなくてはならなかったのだ。無意識的ともいうべき領域の開拓を意識化し得る、全体掌握の上で、精査される各状況には誤りは少ない。順序としては理性の働かない本能から決定は始まったのだ。それが慣性となり、単に歴史は尊重されるという意味において継承されてきた。

大方の慣性は、完成されたものとの認識に立つので、真の白紙が生じない。
　現状は、ある観念が流通した土台に修正が加わるので、根源的な領域に届かず決定的な錯誤を重ねる。
　それの解釈の違いを（表層）対（深層）と捉えて、各、別次元の世界観が生じるのである。

　物事に対する関係性が浅く、薄い解釈の表層次元の長い歴史的な総括の時代に入って、【嘘と真】は入れ替わっているかもしれない。

　今世紀は、不都合の極限の集積が形になる時代に入った。

　本来、安定（十界論・四聖）が基礎領域とならなければならないが、歴史は、逆の出発点（十界論・六道）を基礎領域とした為、逆転の収束の極みに達してくる形相を呈してきた。
　六道の最高である目標の主体性は、天界（喜びの境涯・本能欲・経済）である。

　それで、二つの次元〈表層〉〈深層〉の比較、認識の為、導入点が必要になったのだ。
　それを説明するのに、抑圧の対象とされた性問題が、最適なのだ。
狭い領域に縮こまっているので、慣性にしがみつくことしか考えられないのだろう。
　正直でないのが明らか。
　この構造的構図が様々な形で定置している。表層領域の次元である。
　理や知は無縁なので、それが存在するとは思わない。
　存在しないものに意識は反応しようがない。

現状に理を当て嵌めたことがなくて、当たり前と思っている。

─────────（４）白紙領域（深層）と汚染領域（表層）

***** '12. 11.21（水）

（5）この項のネット開示が？

　二度、三度の生理や性情報が繰り返されるのは、事が起きた順で相互の関係性での緻密な反応、態度、事象確認の相互確定の必要があるからである。眠っているものを引き出す営み。
　昔のガキ大将は簡単に排泄の抑圧を口にした。
　性の抑圧のエネルギーは、人類が背負った巨岩のようなものだった。
　昔のガキ大将の排泄問題の抑圧段階ではない、絶対的な抑圧にあった絶対的多数者とは、全く恐れ戦くエネルギーを抱えた恐ろしいものだった。
　正常が非正常となる【抑圧】とは、心中の働きというエネルギーが曲げられる異様は苦となって爆発物を蓄える。
　ガキ大将は少数であっただろうし、排泄行為すら、人々の心中を代弁したのだ。多数者の抱える性の抑圧が、それに比べただけでも、発散せずにはすまないどのような熱量を秘めているか、想像しただけでも心中の捻れとその爆発は恐ろしいものだ。
　生理、排泄問題を社会化するなど、冷静に考えてみれば異常だが、内面の抑圧重量を抱え込んでいる力学からすれば、社会排出をせざるを得ないので、渦中にある当人たちは生理、排泄問題を社会化しているとの認識にたてないのである。昔のガキ大将の総代が姿を現す。
　深層領域と表層領域の意識、行動の相違とはこのようなことだ。
　次元的に頭も感覚も狭く、姑息な坩堝の渦中に所在している。

その点が、越えた外部位置からは眼に見えない境界線が存在していて、世界観の違う位置、次元性の認識が成立して、伸縮、流動、拡大する自由自在の心性の移動が始まれば幸い。

　性の問題の移動が始まれば、付帯した問題点が発生して連なっていくのだ。

　その点を悪利用され、性の問題だけが胸中を覆い、自国の危機は霞んで見える。元々、自国の危機にいながら、掴まり所、脱出の機会もない淵に沈んでいる状態だ。

　わたしはずっと明治維新の総括が行われていなかったことに、日本の限界と危機を抱き続けていた。日本も独自の優れた文化を育んだから、執着するのは大事なのだが、新時代、地球規模の流通の時代が迫っていた。ここで孤島として孤立は出来ない、日本が知らない西欧の深層の領域を学び、吸収をする必要にあった。工業面では成功したが、人間養育の根源がなおざりにされた。日本から社会科学を発信できる要素にあった。それが重要であった。右傾はその点に気付かない。維新で争った革新か保守かの問題点が、維新遂行に困難を齎し、殺傷を生み、思想の解けない塊のまま、ずっと現状まで引き継がれてきた。維新遂行を阻んだ力は、維新遂行の意味に到達しているかが後世にとっても影響を及ぼす。以後、そのことが総括されていないのは、維新を阻んだ力の継続を意味する。維新遂行が行われなかったら、列強に付いて行く知能の開発は行われなかったということだ。

　維新が生じなかったら、どんな国となったか。奴隷の国だ。
　その残留が、その後の日本の主力となったのだが、言うところの新世界観も自己開発してこじ開けていかなくてはならなかった深層世界観だ。

　維新で培った基礎的な学問導入にあったのにも拘わらず、先ず、反省の教育が出来なかった。次いで教育に至らず、日本人は深層の精神性の危機にあったが、それの現実化、西欧

の深層に関与しないことが次元の格差による勝敗の時が来ると考えられた。

　実際、現状を人々はどう捉えているのか、冊子を20年配布し続けて一般的には無反応の手ごたえ。

　そして、会社四季報1300部送付段階だが、痕跡は同様の日本人だ。

　どこかの策略が勝って、殊更抑圧の強い日本人に三番目情報。

　'12.11.25朝刊トップは「がんリスク明らかな増加見えず」とある。

　'12.11.21　この稿のネット開示が行われた？
　説明の機会が与えられたらしい。
　'12.11.23（理）と（事）の（事）とは、【表層】【深層】二つの次元から相互の実行動の対比を具体化してこそ、無意識に覆われる自己から真相に近づく違いを取り出してみる必要にある。日本を担う重鎮（会社四季報）にしてみれば日本の文化として洗脳にある。
　発生したことのない（理）の提示より、身体性（事）の刻印の先行が制御不能である。
　白紙領域が現れようのない岩盤に覆われている事相への衝突とならざるを得ない。
　順序としての（事）の相互確認の必要に迫られるのだ。ここでは、恥ずべき盗撮行為に対する抗議、批判、法違反の責任等は一切、無視され、生じていない。この基本的生の位置確認という立場からも、汚染領域は法律専守に対する誠意、真剣なる意志は感じ取れない。どこか不明確でいいのだという暗黙の無意識にあるのかもしれない。可笑しさがこみ上げ

て来る。挙句に、他人の家の便所を覗いて社会の騒乱を起こしているのだから。

　全体感覚に対するバランスはなく、平等、公平さは堂々と抜け落ちている。当然ながら、一般性に縁の無い哲学領域の欠如。性問題は、タブー視されていた経緯からも、それへの批判が生じるのは当然なのだが、それは不文律の世界観でもある。尚、もっと大きな不文律が事として生じていても、無視が起きる。無意識の矛盾を抱えているのはどこかで意識の察知は生じている。慣例として通過して、意識に引っかからない、取り上げる習慣にないので眠り込む。

　一方、深層領域からは、自然性ということは第一とし、嘘には決して染まらない大切なこととしているから、生理性の我慢というねじ伏せが、どうしてもおかしいと考えてしまう。そういっても、日本文化は"ある"を"なし"としてきたし、性根に歪んだものを蓄えてきてしまった。

　自己がそのことにもろぶち当たる、本能的に眠れる領域は、折に触れ確かに触発される機会が生じているのも事実だが、関係性の引力、土台としては埋没の分量の方が収斂する。

　それは次元性としての領域に限界があるからだ。対極の事の触発が必要となる。

　赤情報と引き出される土台とは無関係ではなく、濃厚な問題提起となる。

　片手落ちはおかしい、ということを言いたい。

　正常であることを欲求するためには、それでいいのかと、せめて、気づく必要はないのだろうか。そのような精神の状態でここまで黙っていて押し込まれたのだから、あと、黙って押しつぶされるだけだ。

TVが　'12.11.23「どんなことでも必要なことがあって、起こっている……」みたいなことを言っている。

　家庭的にも親戚以外の一般的な外部生活とあまり縁が無かったことをいいことに、日本の精神性、文化性は、私への影響を齎さなかった。仕事も家族と自営が長かったから、特に異なる環境育成の道を育んだらしい。長女、主権者としてヨーロッパ文学にのめりこんでいた。

　オーソン・ウェルズの『市民ケーン』など、自分が冊子発行をするなど考えられないことだったが、米国から映画文化の啓蒙を多く受けていた。

'12.11.25.（日）
　こちらに集中したくても、会社四季報の冊子発行は12月10日までには送付完了としたいので、半病人の世話はあまりしなくてすむが、大変な状態。合間に。
————写実の細部に迫る鬱屈と正常との精神の混合にある汚濁からそれは始まったと見える。化学反応による汚物がどうしても這い出ざるを得なかったのだ。秘密と隠した故に最も下劣で不気味な意志、社会が内蔵していた好奇心を歴史的な堆積として養成してしまった負いは、明から始められたが、反応してきたのは陰の力だった。

　　　　　————（5）この項のネット開示が？

***** '12. 11.20（火）

（6）エリートの責任

　私の恋人は、機械ゲームをやっているみたいに、ここはという時、必殺技「噂」が撒き散らされ、引き戻っていく。
　自分の立場を思い知らされると、チンと電話が掛かってくる。
　人間としての誠意の表明である。

　昔、エリートと新興宗教との接点は絶対あり得ない、侮蔑の対象であった。その昔から胡散臭さを見抜く人はいて、社会的にも同化を否定されていて、社会的な安定を齎すその数量は多かった。空虚な集団は危険で、そして、時代が下って、侮蔑の対象が市民権を得てしまった。

　エリートに強烈な"恥意識"が存在していたと思う。
　組織に市民権を与えたのは、大衆なのだ。全て大衆化し、恥意識とエリートは消えたのだ。エリートの消滅は、精神力の行動消滅を表しており、人類の存在に危険信号が灯ったことになる。
　有形無形の何となく有ったものの、枯渇が生じうる事態。
　だから、エリートのつもりでいるらしい偽エリートが真にエリートたる確立を果たす為には、精神の差別化、恥認識の領域を獲得しなければならないのだ。
　武士道とは、この抽象性の精神の力が形態として実際に存在し、働きを成していたのだ。この領域の教育は、行動を以て見習うことでしか体得できない特権階級のみが得た難しい心の領域である。
　昔、武士はその領域にあって、特権階級としての精神力が存在していたから存在しているだけで体得することができた。

その特権階級がこれから生じるとしたら、その意味を体現することによって現出する。特権階級と差別化するのではなく、……今、忙しい。

'12.11.26午後1時〜なにが恥で、なにが恥でないか実行できる人にのみ開かれている門戸なのだ。

そこには責任・勇気が伴う。それは隠れている資質の取り出し。誰も持たないものを一人で背負うことは又、難しい。

恥も逆転。

周囲がグレーだから、動物が姿を環境に添い変容する擬態同様でしか生きられない。

――13.9.15綜合重力として、次元性は二つの力、領域形成をしているから、相手と私は各次元の代表者として、姿を現してしまった力の分離者、力の表現者としての位置に着くことに。時代に呑まれるという事なのだ。環境がグレーであれば、否応なく日本人は、宿命として「右へ倣う生き方」しか知らない。環境の力はそれほど大きい。

日本の危機の正体だ。たった一人で誰もはみ出せない。位置の確認から始まった一個人の意識転換が必要である。その数量的な容積の交換はなるのか。

自己を客観視するという異次元、嘘から真の境地への転換。

'12.11.26　2時

相手は別れようとして何度も元に戻った。昨日 '12.11.20（火）、プロジェクトに「ほっといてあげて」と言った。

上記、重力のバランスは具体的な数量を決める基準が必要なのだ。その基準は何か。数量的な内容の転換だ。

同時に朝のTV「ローマ法王の似顔絵」似ていないと番組が言っている。

第三の性情報が噴出である。一般性としての相手も、手も足も出ずに、具体的力量と目前の力に、引き戻されていく。

冊子送付で時間なし……。'12.11.21（水）19：30

　相手と私の出会いは衝撃にあったが、だからといって「年齢を呑む」のはきついことに決まっている。一般的にはあり得ない。年齢に驚愕して私から逃げていた。前代未聞の年齢差だから無理はない。
　それでお別れの手紙をしたのが、時代相にあって、ここに書く事ができない事情も生じた。
　私は闘っている人間なのだ。
　私にとっても、相手のことは何も知らないで、そこに生じていた意味は時間が経って判った。
　その間に入りこんだのがある力であったことは、今の日本の勢いからして相手は〈そこから〉決して逃れることはできないのだ。
　事態の認識と決心をすると、その決心が届くと同時に、次々の噂が襲う。
　私には世界への理論にその情報は必要なのだ。
　事の本質が判っていないこの現実の姿こそ、既に日本の破滅ではないのか。

　日本人に気付かれずに潜在して養育された力が爆発しようと、堤防が決壊する拮抗戦で、今、日本にどれほどの影響力を振りまいていくことだろう。

●●●'12.11.29（木）5：10 AM
　約束の'12年3月、夜、ごはんでも食べに出たのね。ジーパン、黒のコート、ジバンシーのオレンジ、茶、白の長い縦じまスカーフ、白髪のわたしは、視線がどこにあったのか、人にすれ違ったと思った瞬間に、振り返った。
　誰も人は通っていなかったのに、すれ違うのにも気がつかず、まるで【強力な重機の力が働いて操作をされたように】、

視線は合うことがなかった。そういうことがもう一度あった。

　噂の発信源と一緒の立場で聞く、歴史上聞いたことのない噂だった。
　約束の時だったが。
　翌日の朝刊には、黒い背景に影一杯の男の肖像が1P広告に載った。

　この辺りの時期は、'11年の暮れから始まった第一の性情報で、秘密の交流も乱れていた。
　お茶の一杯も飲んだことのない間柄で、内容は精神的な夫婦関係でいたところに組織の最初の介入と結婚という相手を相手にしているので、私の頭も気が狂いそうな困難に見舞われていた。

「なんで！　組織なんかと結婚したのか！　えらい迷惑千万！　そうでなかったら、年の違うあんたとはとっくにあんたの初恋で終わっている！」と複雑な心中で、相手を罵倒したこともある。

　長年、配布をしていた地区の人々との会話作戦に出るよう、の指示が出たときは、人間嫌いの癖に、見知らぬ人への外交、営業は得意で、マンション販売でも成績はよかった私も気が重い課題だった。地区の家に冊子は長く配布していても、組織問題にビビル人々の気持ちはよく解るからだった。思った通り、3パーセントの人間らしい反応を得たものの、その人々すら、その後の情報で、雪道で雪を放るような動作に出会ったりした（この人物は、その後、スーパーで会うと、距離を置いて頭を下げる動作を幾度か繰り返して謝罪の意を表した）。もう一人も、同じ雪の日、雪を引っ掛ける動き、配布すると収まるという繰り返しだ。

———出会って5年経過の今は彼の背後関係は、かなり教えられた。

　財閥ということが二年ほど前に判った。

　お金に縁はなかったが、質の充足に向かう生き方にあって、財閥と言われてもピンとこない。

　最初の玉の輿の結婚の機会にも、損得の勘定は働かない。

　八人の組織の女が用意された、と言われた。

　★★午前7時半　家事と発送に戻るので中断。

●●●'12.11.29（木）21時1分

　一面の左には……受賞者がいます。

　少し大きい活字で、そういわなくてはならない一昨日、500部冊子到着の反応だったのだろう。

　27日に送った500部の反応は今日辺り出て、今朝刊をよく見たら、「電気ショック、凍える地域」。隣の1Pには「これから毎日、ここで君たちが次のヤナセをつくれ」の広告が載っている。この稿のことですね。

　28日（水）録画に「薄い技術」この状況は混乱。

　山と抱える郵送物を一人で頑張っている。その合間、新聞もTVの情報も収集できない。

　結局、勢いを持っていた前進と結果を何とかしなくてはならない力学となっていた。

　その直後の第三の情報が重なったので、実際この赤情報では、それこそが組織のねらい目だから、出ようとしても出られないのが日本人だと思います。

　古い身体的自我にあって、凝り固まり慣習の安穏の上で概念化してきた、ぬるま湯に浸かっているような状態。それは

固定と限定にある世界観。そこへ熱湯をドボンと放り込んだようなもの。

　何だか知らされないで、ある日、水面下での画策が整って、あっと気が付いたら事態が終了していたとは、みんなが馬鹿なのね！　怒りを宥めよ！　というのだろうか。日本人は、手の施しようがない、目出度さにある。

　誰も言わないから言うけど、私には、いいところがたくさんある。
　長女として、二度の結婚の機会を諦めて、大阪を焼け出され、生活再建ができない両親の老後を16歳で決意した。
　事業を成す親戚の後押しで商いを、そして、家を建て、98歳の父を見送ることができた。

　それが何時から始まったのか知らないが、家族、他人の誰一人も知らない一個人への密着という恐るべき人間関与にあって、人間生活の暴露は、あますところもない真相を明かす。
　これだけの隠語情報が生じ、ネットに盗撮情報がばら撒かれるということから、盗撮という事実が馬鹿でも理解される。
　国家としての秘密情報を暴露するのは、対私に対して権力の場にいる組織しかあり得ないのだ。国民未体験の全生活盗撮と秘密の暴露を画策しなければ、私はこういう文書にも、その事実を筆記する方法を持つことは出来なかっただろう。
　しかし、このことは　世界人類を相手にして、届けなくてはならないメッセージの存在を内包している、その手がかりを与えてくれる必要にあった、機会として生じてきたのだ。

　次元の転換は、世界の課題となる。

(6) ────────エリートの責任

***** '12. 11.29（木）

（7）正しくないことを自国で捩じ込まれて反発の心の力が生じない

　さて、生身の身体性をもつ人間はロボットではない。
　第二の性情報、シャワーを浴びていて、腕を一方から一方へ動かして体を横切った瞬間、奇想天外なことが起こった。こんなことは絶対にあり得ないことと思われる。その後、何度も試してみたが、そんな瞬間は奇跡でしかないと予測できる。爪が性感帯に当たったとしても、どこからやってきたか胞子の伸びた先端が、するすると届いた、としか考えられなかった。

　そこに触れてしまったら、「ならぬことはならぬものです」との広告。
　観念は勝手を言う、そして恐ろしい嘘を実行させる。
　活動体の運行が正直であって何がいけないのです？

　観念の内容は、顧りみられたこともない、空疎なもので、説明も生じないし、説明の意味すらないのだが、念仏みたいに唱え、空疎を実行する。精々、人目に触れたら見た目が悪いとの理由となるだろう。

　真相を真相として承認し、滅却の方途を持たぬ人間のこの領域への恐れ、畏怖の感情は表現しきれない面妖さを含んだ感情を読む。

　ではひた隠しに隠している一般的性行動には、「ならぬことはならぬ」の同じ見た目の悪い理由として、「なるものはなるのです」と言わないが押し通しているのである。

この馬鹿馬鹿しさは、頭の中の泥まみれ。
　このような頭でいるから、外国人にこれだけ国を滅茶苦茶にされて、それを指摘した私を襲うことは出来ても、自国の重要時というのにびびる思想の旧態で頭の働きは停止。

　日本人の心情には重大な欠陥が洗脳されていて、嘘を観念として信じ込んだか、いや、信じ込まされて物事の緻密さには優秀な力を発揮できるのだが、一般的な社会概念では、その嘘が幕を張り、白紙生地の障害物として屹立していることが多い。
　世界も同じだろうが、非科学性の思想継承が生きている。白紙になれない。

　有名な世阿弥の「秘すれば花なり」の言葉づらの意味を、そのように取り違えていた。６百年の時間に耐える内容とは、流石である。深層のサプライズを成して、勝負に臨め！　との教訓にあったらしい。
　闇に向かって、闇を信じよと言ったも同様の真言の教えはいけない。
　日本人は歴史的に嘘をたくさん仕込まれて、自己がいかに異物になっているかの自覚はなく、限りなく生活に入り込んだ嘘の塊の中で暮らしているのである。
　世の中を良くしようとしたら、一個人が正直になること。
　それはまだ切り開かれたことのない世界観なのである。
　狂った精神の働きと身体性は組み合って作動して多数集合にいるから、この自覚獲得は困難を極める。人間は感覚的なものとの最も解りやすい事例が性の問題なのである。正直に答えて、感覚としての性は事実である。意図したのではない性感帯を刺激してしまったら、感覚に直行していくのが生理だ。それを生理ではないと言うのである。

'12.11.30（金）20：20　まだ、前稿が終わらないで、朝刊の「フジコ殺人の真実」に対応したいし、数日前の社説「女性の活躍」にも触れたいが、7時前の郵便局に間に合わせた発送数は124しか出来ない。約2100社。各日付の文章は、後々加筆したもの。

　●●●'12.12.1（土）10：15　昨夜の半徹夜で2271社に。これから郵便局に。
　11月20日、最初の頃の発送で、菓子会社Kから、5部の冊子が返送されてきた。

どういう　理由？

　骨格のない日本人が多数存在する。本人たちの振舞いは、環境に合わせた慣性にあって、無関心を装う次元を維持する。継続してきた生活を維持しなくてはならない。そこに自らの思考や思想はない。あれば善悪の意識、感覚、意志が生じる。

　各主体性（事象に対する現状の自己思考の範囲。自分はこう考える行動との一致、あるいは不一致）と人が心地よいと満足できる真相に届いた意志の関係性が存在して、それで次元性は確定してくるもの。

　進化しなければならない余地があることを心に留めれば、現状が完璧と凭れかかっていることは出来ないので、実際、多くの矛盾にあるから、謙虚さは失えない態度を要求される。
　現実が伴う「懐疑の精神」との生き方は高度の刻苦（早まる決断への怖れ、間違うことへの怖れ）という経緯が発生して、困難を極めることになるが、自己が如何なる決断を選択するかは、必然として自己に返るものなのである（自分が知らないことがあるかも知れないし、時代で解釈が進化すると

いうこともある。だから奇異、未知、に対する心の余裕、外部に対する反応というものは、心の容積を確かめられる行動となるのだ)。

　反応と行動とは、自己刻印が行われて、自己の心の領域を自他に示す、影響を及ぼしていることになる

　心の領域に立ち塞がる岩盤、次元性を明らかにしていかなくてはならない。
　その各人の意志は、社会化する。
　ヨーロッパの思考形態の各専門分野は、この点に届く深遠の解釈にあって、学問、生活の細部の技術力から始まった恩恵を齎す。

　但し、一般社会科学に対する解明はされていない。
　人文科学での難しい人間の内容に対する基準が生じないからである。
　それを日本は持つ。

13：30　お昼のどこかの番組案内で、「会社社長の完全犯罪」との予告が聞こえた。はっきりしないお天気は曇天に加えて、北風が強まってくる。
16：30　そのお天気は晴れ、夕焼けとなっている。昔は、何かある度に〈風〉の兆候が付き纏った。夕刊の裏はピンク掛かった色彩、TVにはピンクや紅色が出てくる。この「フジコ殺人」容疑は、社会テロの数だけ私にのしかかって、ここ二十年以内、死刑判決の記事と時期は、社会テロとわたしの関係を示唆しているものだった。

　眼に見えず、音もない恐るべき毛細血管の侵食、この細菌的な侵食に立ち向かう術は絶無。

今、その拮抗の時で、今後負けてしまうのかもしれない。

わたしの出来たことはそれを知らせることだった。
本音で、正直に生きることしか出来なかった理由で。

いつの間にか、日本人の精神性が異変している事実に驚愕、世界への人文学提示の深い意義を孕んでいる日蓮正宗によって起きてきたのは偶然か、非偶然か。
武士道は本音精神の実際化を具現する精神の骨格が定まっていた。
性情報には過敏だが、精神に於ける武士道の潔癖さは、想像がつかないのではないかと感じられる。
私の動機は、「日本が持った人文科学の秘宝」にあっただけだった。
一方はその価値を見出すどころか、邪な自己顕示欲の権化となった。
破壊のハエ王。
一方は発見の秘宝を世界に提示する時代の義務を負った。
それは"もののけ"と共にやってきた。
武士道は学問として系統化、明確な認識の下に生じたものではなく、道理の実行、時代の輝きとして生じ、その過程でその価値認識に至ることが出来ない欠点の下に、喪失していってしまう。武士の世界で通用する概念であったから、真意を大衆は価値獲得をすることは出来ない、一般性には対応できない領域というべきものだった。しかし、武士道が生じていた時代、それを支え、影響の下にあったのも一般性だ。

現代に至って何度も言うが、その価値認識を理解し、体得できたものにこそ、武士としての門戸は開かれているというものだ。

その思想は、獲得されることによって行動に現れ、行動の変化によって、環境も国も変化していく。
　一般大衆の典型的な精神構造は、「本音／骨格」と「建前／柔軟性」の二重言語を使い分ける方途というのが、また、日本の文化であった。

　明治に色濃い色彩を放った武士道が失われると同時に、敗戦を迎えることになる日本のこの二重言語の比率はどのように変化していくか。
　大衆化の時代は、骨格を失った国となったのだ。
　それで本音でモノを言うと、えらいことになった。

　時流は建前社会、骨太い骨格を形成する本音社会ではないのに、私が軟弱ではない本質の正直な指摘をする。どのような葛藤が現場であっただろうか。
　日本の至宝というべき【日蓮正宗の教義】は、歪曲されては困る。【十界論】を提示したことによって、定置の【嘘】がばれるということが起こった。
　表層社会は、人心の因果の法則から外れている。
　だから、世界はおかしくなる。
　自国で、日本国の世界宗教の教義歪曲の上、外国人に怨恨を生じさせたなどという馬鹿なことはあり得ない。

　それの引導が、日本発の宗教の発端から始まり、その解決、精神の分解（日本人の意識開発）が、世界と繋がる。

　根源的な人文の領域の移動という問題に突き当たることになり、表層・深層の領域の移動について触れなくてはならない。

　【十界論】の内容を内包する人間と社会にとって、〈義務〉

〈責任〉〈進化〉の問題は時代と共に付随してくる否応のないものでもある。
　呑まれてしまった力関係の逆転と広がりの容積が重たい。
　忸怩たる思いでも、真相に突き当たる辛い選択だ。嘘が罷り通って、真が通らないでは生の基本が正統の位置につけない。間違っていることは正さなくてはならないとの、自己犠牲の覚悟でやってきた。
　人々が何を認識し、骨が入り、どう行動するかで決着はつく。しかし、武士道の骨格は消えていたのだ。
　武士道を知らない人々にとって、日本という自国にいながら、懐中に取り込まれていることが今も判らない力が存在するのは、私が、今日も秘めた攻撃対象にいるのが証拠。

19：00
夕方もＴＶにはピンクが目立ち、この話題も元に戻る。

本音／骨格

建前／軟弱

　その各存在の"差異"こそ、次元。
　その各渦中に埋没する主体性の位置。
　一念三千世界十界互具論に、各、姿、位置は該当する。

危機を危機とも感じなかったらそれまでである。

　性情報の次元開示は必要だったのか。
　この科学発達の時代、科学に逆らう頭の中。
……中断

●●●'12.12.2（日）AM5：45

早く寝てしまったので、AM3時半から封筒の宛名張りをしている。

［正直は罪］　一介の正直者が、正直でない強い力と対峙して現れてきた現象。
　次元の格差を念じる上で、生じる問題点。
　人間も環境も十界が生じている限り、十界の全てを生きなくてはならないということは、個人にとっても、社会にとっても内容についての何が義務で何が責任かの意味を知ることになる。各素質の表示と分解は馴染みのものばかりだ。そこにあるのは理解しやすい人文条理。困難な欠点も克服していかなくてはならない。世界平和への主体性の位置を獲得しなくてはならない。
　その条理を明確化している【十界論】である。

　ものの形態が安定した三角形から始まっているのではない、もし、逆三角形の不安定要素の位置から始まっているとしたら、安定への道は現状から移行への不安定な努力が始まることだろう。

　鬱屈の爆発物を浚うにしてもエネルギーは発散される。

　動体として生きるものの宿命。しかし、そこには確かな指針がある。
　十界の境涯が存在することの葛藤と主体性の選択の意志。

　自然性以外の出来事を人間は目論んだりすることは出来ない。
　現状の明日に現れるもの、未知は、人間が推し量れるものではない。【十界論】を内包した人間の存在とは何か。各、内包するものの素質の要因が明かされる。宇宙の彼方から織

り込まれた条理のベールが因果の法則を伴って繰り広げられる森羅万象の姿。森羅万象の明滅に知られざる仏教哲学は真相を明かす業に到達している。そこには存在の自ずからの関係性を伴った自然動体として確定しているものの力が存在するように見える。

　人は、日々、新しい日、新しき始まりの自己の感覚にあって、そこから因果の連なりを編んでゆくという思いで一日の始まりを想うだろうが、既に、昨日まで編み込んだ巨大な土壌形成、夢にも知らない過去の茫漠たる因果律を積み重ねた領土を基とした日が始まるのである。

　そこに新たなる何かが発生するとしたら因果の法則に則った自然性以外の何ものでもないだろう。

　仏教用語の【瞋恚(しんに)】は正しいことを言われて、怒り、憎み、恨む激しい感情。

　その境涯の存在が、社会の認識されない闇なる主体性として、一般性と混合して溶け込んでいるので、意識化した区分認識が必要だが、氷山の一角の存在であるということは、地殻化した主体性の位置が問われることになる。次元性の発生する意味がある。
　区分認識は、十界論にあって明瞭である。
【瞋恚】には、理は届かず、行動があるのみ。
〈理〉が生じないということである。

〈理〉に価値が生じていないことでもある。

〈理〉の意味が、いかに重要であるかということである。

〈理〉の認識と確認が必要になる。

正直であることを放棄してきた社会は矛盾のまま、人文科学で最も困難な領域となる。

　相手対自己の区分の関係では、各自、独立した他者で、自己意志の確立にあれば相手に惑わされることはないのが相互の姿だが、仏教用語にも載る「瞋恚」の言葉こそ、上記、理が発生しないから表層次元で起きて、漲る勢いの心の働き。

　　正直は嫌い！
　　曲がった嘘社会が好き！

　豊かで清明なる自己確立の境地に至らない、存在するそれら自己内物性の開発に至らない状況は、環境的な縁の触発に接しない、不明さにあるのだと思う。余裕を生まないので、比較が生じない。馴染んだものは地殻化していた。
　理は事態を二分する力として、事を押さえて発揮されなくてはならない。

どうしても規範の基準は正直から始まらなくてはならない。

慣性の事の連続からでは不都合が生じる。

　その深層に届く為に、頭を白紙にして、嘘から真へ。
　現状の変化を望まないというのが人間の本能としてあるが、理の発生は、とりあえず、必要なことだ。
　正直になる為の障壁が【瞋恚】の働きだ。
【瞋恚】正直になることができないこの難関を分解するとはどういうことか。現今でよかれ！　としか解釈しないから、「憤恚」の障壁を乗り越える法とは理に目覚める事態の意識化、脳の活性。彼方にあった理を自己に引き寄せた〈意志〉

の意識開眼。
　精神を働かせる。

　（理）でも（事）でも、反応する環境体があって、意味が生じるのに対して次元変換が、冷徹なのは、個々人の主体性は逆転の慣性にある。慣性の因果律しか生じない。それの慣性で生じる熱量は齟齬でしかない。
　それが明日を形成する。
　嘘は嘘。真は真で、日本の文化が得意とする中庸、曖昧、建前に整理が要求される。その曖昧さから生まれる文化性が断ち切られるように思われるが、その点について私は解らない。ただ、国柱、骨格を通す、行き着くのは「武士道の筋目」は獲得されなくてはならないと考えるのだ。
　今、世界にとってもそれが必要な時代となってきた。
　それに伴った文化性は、必ず付いてくるものではないだろうか。

　そして、この二つの解釈が生じるということに性問題は二つの思想の領域、次元性が生じていることを体験することが生じて、表層領域（あいまいな嘘の世界）と深層領域（正直な真相世界）との区分認識も確認されることと思う。このことはあらゆる事柄に通用する原理となり、現状の大方は表層次元にあるので、深層次元はありとあらゆる事柄で、ほとんど未開のまま姿を現していない。性の問題も社会化するなど、深層領域では考えられない事態が、表層領域では自己内抹消ができない、又は抹消経緯がないから社会化せざるを得ないが、悪に利用されるだけの自分でも知らない鬱屈と抑圧を解放して、排泄、性の生理現象は地盤沈下、社会から葬り去るとの重要な経過を得ることになる。『Doctor-X』のＴＶド

ラマ。
　気後れがする日本人には重たい課題、改革点。
　武士道には峻厳な印象が付き纏うが、それは厳格となってしまう精神世界に関することであって、昔、生理性は精神世界に組み込まれていた。生理性鬱屈の非科学、社会汚濁、閉じ込めの視点、それを社会化してしまうおぞましさの方が重要と考える。生理なのだ。そこに多数が拘ることのほうが穢いと解釈する次元にいる。

　ここのところ、ひっきりなしに頭に浮かんでくることがある。
　いつも出るNHKの夕方の渋谷の横断歩道の後ろに見えるデパート、時計台がついている。昔、坂の上のパルコの辺り、宇田川町から見えた。
　そのデパートで小学5年の私はおかっぱ、後ろで髪を結んでエレベーターに乗っていて、ふと、手に柔らかいものが押し付けられたが、それが何であるか、何も判らなかった。他に人がいない。
　痴漢に遭ったのはその一回だけだが、こどもや女は痴漢対象として見られているのだな、との今頃の感慨。
　そして、世界でも生じ得ないだろう"隠語技術"が発達する日本の国の深層領域の解釈は、豊かに息づいて決して負けることはなかった。……中断〉
　この件に関わっただけでも、法律が正直でないことを暴露している。学校教育で子供たちに何を教えているのかということになる。意識的にそうしている訳ではないのだ、時代とはそうやって遅れているものだ。画期的な進化の時は訪れるだろうか。

PM2：40

●●●'12.12.3（月）曇天と木枯らしと強い寒さ。
夕刊／　１Ｐ　GRAND　FINALE　その他、生理に関する皮肉、揶揄等をちりばめて、逃走の態。この辺が優雅、品位、おっとりとした日本人の限界。明日位で2600社に行き渡る冊子発送の風当たりもさぞかし凄かったのだろうし、辟易として遁走をしてしまった様子。

　この稿を私に手渡して。

　わたしみたいなお転婆が、こんな大役を引き受けてしまうのは申し訳ない気持ちで一杯だが、二つの事象のどっちも誰もやらないらしいことを、どっちも当たり前としていた私に、その他の人との違いに戸惑うのも事実のはみ出し認識をしなくてはならない。私としては、論文送付、生理も入る自分の家の生活を送っていたのは自然体である。はみ出しとは抑圧を抱えない自己確立にあったことを指摘されるだろう。この対比分量数が凄まじい差にあるのだ。

　実際、私の年代の憧れだった丸の内、大手町勤務のＯＬと言っていた場所宛に住所入力をしながら、「とんでもない文字入り」の冊子を送りつけるなんて、我ながら……沙汰ではないかと、流石に躊躇された（昔、ある大会社に合格して、結核の痕があると取り消された）。

　しかし、出して自然体というのが私の気持ちだった。

　朝刊から　僕の死に方　破談　その他後じさり
　夕刊で、谷川俊太郎さんは"絶望"を語っているし、例えば物事に明と暗とあるとして、いざ、決戦というとき、人々は大事・日本を取らないのかとショックを受けて夕食の支度の気概すらなくなってしまった。大事・日本より性情報のほうが重大と決断したようなものである。

　それが、もう半分以上に達した会社宛の冊子に対する評価と同様とも受け取れる。

　夕刊をよく見ると「泥払ったら宝石見つけた」。

生理は泥じゃないでしょ！［神聖なる生理］。
　しかし、この泥表現は、先に日本人の思想内容、頭の中、泥みたい！　と一致。
　私は二度の結婚の機会を、家を背負った諸事情でどうしても選択することができなかった。二度の結婚の機会というのが、環境的条件として私の本心に適っていて、そして、それを引き裂く格好の、あるいは不可思議な要素が働いた。以後、結婚に対して妥協はしてこなかった。

　結婚は人生が懸かっているので、この意志って、結構、大変なことなのです。
　恋愛至上主義というのか、男女とも「浮気」をしたりするのはこの忍耐に匹敵する時間を持たないから、「真相」に生きないから、「みっともない行動」は社会公認になっているようなもの。
　最近の外部事情は知らないが、私の30代、資本主義の日本台頭、女性の社会進出以後、不快な世相だった。
　そんなに簡単にモラルは崩れるのか、現状、崩れていないのか、男と女はいつどうなるかわからない動物態、だから、本質としては女性の社会進出は大反対、中東のベールを被った女性が家にいるというのが妥当と考えているくらいだ。家庭の仕事の各専門分野の多いことは、これに勝る仕事はない贅沢な立場。
　そのような考えの下、自身への犠牲が強いから、反動として、現状批判に走るのは当然となる。その厳しい生き方を選択している者が、浮気承認のような生を営む者から批判される必要はないのだ。長い時間での人との出会いと経緯には、思わずむかついて「縁覚界」の働きを生じて無意識の侵食に対抗したこともある。
　〈事〉の本懐を直すことが起こる。
　　人は白紙でいようとすることができないもの。

ここには精神と生きている限り肉体の相克が生じる。それをどうして泥との表現が生じるかと分析してみると、性とは劣情との言葉があるように、あっていい活動体のものが否定、余計物の解釈、貶めて、土足で踏んで蓋をし、閉じ込めているようだ。

　命、生きている証しをと考えると、なにやら恐ろしい感じがしてくる。昔、ものの言いようで　後家さんがどうかした……などという言葉。

　興味とからかいの対象にあったように思われる。

　それだけ"日本人にとって"暗情報は超えようとしても超えられない文化の絆と結ぶ感性が育まれていた経緯にあり、重度のショックにあったに違いない。

　かいま見る本物の時間、日本が健全であるよう現状を乗り越えようとしているのは、オウム真理教に匹敵する人間の空洞化、虚無がこの日本にはびこってしまっている、それだけの理由だけでも、そんな暗情報は吹き飛ばして負けることはできないと、まなじりを決する力がある。今、次世代へ継承する何があると思うのだろうか。お気に召しませんか。

21：16　中断

●●●'12.12.4（火）5：40

　慣性行動とは恐ろしいもので、習慣的身体性の行動とは回路として定まっているので、そこで少々の理性的な外部情報や自意識が働いてくるのも事実発生するだろうが、人間は横着、環境に靡く、楽を選ぶ。外部からの問いかけが無であれば、野放図、不埒そのものだ。それの堆積。この汚染の広がりが凄まじいのだ。そりゃみんな、口でこそ言わないが、その薄汚れた影のようなものは感じ取って、一つの印象の確定

は行われている。靡くか、靡かないか、無意識の良心は存在するだろう。誰もそれを恥ずかしがる人はいない。恥概念が、そもそも無、成立していない。

　それをいいことに増殖に増殖して、日本の呼吸器体は重症の肺炎を患う。その黴菌が日本中に広がってしまったのだ。学校教育者関係の要所、要所に組織名が連なるという……紙面に出会って、この異様さに日本はどうなるのかの危惧の感を抱いたのが30年も昔のことだった。

　しかし、縁がなければ忘れてしまう。
　対、とんでもない誤解をされかねない私の死に物狂いの努力も空しく、拮抗線は崩れ去り、堤防は決壊した。汚濁は怒涛のように流れ込んだ。汚濁に汚濁が流れ込んでも、皆様は確かに一向に気にかけない。

　それは近年の自然災害の激しさを作り出す、人心の趣と同じにある。

　毅然とした精神の誇りは地中深く埋もれて、存在はするだろうが人間らしさの片鱗も見えない。
　理論と事象を挟んだ人間精神と行動の分裂。
　各主体性（意志）のあまりにも奇異な位置は各自の次元性と主体性にある。

　ここに　右に倣え！　の慣習が入り込むと、最早、闇の大群の発生である。
　理論など、関係がない人は一杯いる。

　だからって、この期に及んでそれでいいかい！　と詰め寄りたい。

しかし、世間がその力の容認範囲にある限り、利用をして安楽である。

ここでの勇気を表す人は、止むに止まれぬ同化者が行う前例者としての場が与えられている。
私の時代、勇気を実行する人物を二人見た。今後、どれだけの人がそれを行うのだろうか。
近づく、近づかないは表面的に判別できない。
近づく行為があって初めてその中身は姿を表すのだ。
勇気の資質。その前に自己確立の営みが必要だ。
ここにこそ、「恥ずかしい」との言葉が該当する。
たった一人の私は、拮抗線をせめて維持しようと闘ってきた人間だ！

PM2：47　今朝ＴＶ「あさイチ」は沖縄ヌードとかやっている。
四季報の住所入力をしながら、それで気が付いてきたことがある。

隠語問答が始まって、ある一般人の冊子反応の様子から、その位置する観点が違っているのだという事が判った。
常識的に考えて、大政党の勢いは誰も逆らえるものではないのだ。
人々の意識にあったのは、この大政党だったのだろう。だから、ビクとも動こうとしなかった。わたしの根底は一個人なのである。その相違が今に浮かび上がってくる。真剣に20年に亘って懲りることなく冊子を配布し続けていた。

たった一人だけど、個人が思うこと、が重要だった。今も前文を記しながら、大政党のことが一向に頭にないことに気が付いた。皆、組織、環境にがんじがらめになっているのだ

ろうが、私には個人としか映っていないのだった。

　個人が、どう正直に考え、行動するのかしか見ていないのである。
　―恥―なんか組織は飲み込んでしまうだろう。
　武士道が崩れた結果、構造的に―恥―は存在しない。
　それで我々は人間が存在しないオウム真理教が支配の怪獣の国に住んでいる事になる。犯罪性に同化して暮らすことになる。
　この大きな矛盾をなんとかしないと、怪獣の世界に住み続けることになる。

17：37
民主主義とは、「個人の選良の精神」が発露されて行うべきもの。
19：35
「選良の精神」の骨格は、武士道の恥を行動化できるかどうかに極まる。
　しかし、人間の行動の基本は、極悪だろうが、右へ倣え！にある。

　ここで時間の余裕はなく、簡単に触れておきたいと思うことは、現状、女性は強くなり、学問にも仕事にも優秀であることを聞く。
　しかし、哲学的観点からみれば、男性は狩猟に出る種族であり、女性は内向性的要素を備えた種別として存在している。私の若い頃、通用していた理論だ。構造的視野が異なる領域、が存在するのが真相なのではないかと考える。

　男性は動かないのか、動けないのか、慣例の定置で異次元を突破できない領域を、本音で動きやすい女性の進出は、道

を切り開くことがあるようである。このことは重要なことで、議題は別にしなくてはならないと考える。だが、そこまでで良いと思う。
　世の中がすっかりおかしくなる原因は、大勢の女が家庭を粗末に扱うようになったからである。
　私も働いてきたので、女性の活躍を阻止する積りはない。しかし、その基礎的な認識が突破されているので、重みのない社会で、男性は自己領域を喪失していく暁には、何が起きてくるだろうかとの不安に駆られる。
　なんでも自由が行き過ぎて、代えてはならない基礎の部分を崩すことが行われるように思う。
　素人の観察、一昨日の笹子トンネルの天井の構造は、あり得ない力学に立脚している。最近の製品の小道具の設計力は軽薄さで、使いにくい、不備に悩まされる。
　衣服の細部は締まらない。

'12.12.4（火）PM10：00　現在会社四季報に送付中の5部を冒頭に挿入する。
　新聞には、毎日のように時計の広告が出ているので。
　対面する人間間の相互認識と判断には、次元に絡む法則の位置が用意されている。
　相手とは自己表出の反映のだしに使われるということが起こる。
「あんたは赤」と私への自己表現の赤表示こそ、自己の次元性の現状はそうでしかない、自己表示と社会性にある。

　それを自己表出の自己でしかない領域を以て、相手を表現している積りでいる。異なった領域と次元性に対して、懐疑の余地はなくばっさり自己領域を闇として相手に転化している。潰してはならない余白、心の一駒が存在している。
　懐疑の精神の余地を残さないと、自らの発展は遅れる。

誰も、環境的な異動があれば添うのだから。
　哲学領域は一般的事象と反対の世界観を現じることになるので、「おかしい⁉」とも思われるし、体感する落差の距離、違和が働く。
　その相違の具体性は人々の意識混乱に繋がることは止むを得ない。
　緻密な関係性を辿ると哲学領域への一般的事象の開示となり、「法律が裁けない罪」に迫り、泥道は整備されることになる。

'12.12.5（水）　宛名入力に時間が掛かる。

20：30
　夕刊・性情報には大反応があったとしても、もう一つの問題は〈そんなこと知っている！〉位の反応しかないのだろうか。
　有害に対して批判は一片たりとも生じない。

　今日は水曜日、月曜日に送った350社到着、反応時が今日辺り、計2700社ほどになったが、競売物件の記事は初めて出た。

　「ＮＯ.75／□　世界への理論構築」（'12年春）の冊子を述べたところで、競売、競売物件が続いて出ていた頃の反応を示した人たちの時間が経っても、もう一つの問題と性情報のバランスは、冊子の断片では赤の混乱に傾いたままだろうか。
　赤の混乱だけが胸に焼き付いて、自国の奴隷化問題は霞んでしまうとしたら、どこかの大笑いである。

　私にしては、この問題なしに「心の底から不気味な社会的な抑圧問題に触れない」で済ます空虚さから逃れているというものの、無理はないと思いながら、自国の置かれた問題が

霞まれては困るのだ。
　歴史的に洗脳されている人たちに「生理！」と言っても解らない人は、私を非難したいお気持ちは解りますが、もう一方の問題はいかがでしたか。まだ、逃げていたい？
　自国の重大問題となると、プツリと沈黙！
　この文章の二つの対象物のもう一つの意味として見えているだろうか。
　闇にある、心の深淵のクレーターが眼前に現れてきたような、それを追求していかなくてはならない、何かワクワクするような気分がイメージされる。
　私は、25年、その問題と闘ってきた。
　それ故に、あなたも私も陵辱された挙げ句、それは知らないでは、国民として済まないでしょう。

　それにしても誰も彼も、どうして、この重大な自国の問題に対して、平然としていられるのだろうか。
　〈嘘〉がここまで流通して岩盤に閉じ込められてしまっている意味が解っているのだろうか。

　本日朝刊のやや大きめの"ある"広告に出ていた知識人といわれる人々。容認の心があるから広告に出られる。もう、ずしりと重い堆積で顔の面も厚くなる。

　でももっと背後に、政治の大物の人たちがいますね。
　国民次第ではないのですか。
　その構図の内で、私は悪い部分を右に倣わない個人が自己確立していくことを目指して、その意識はなかったのですが、冊子を配布し続けていたのでした。
　骨格を維持した次世代の養成に繋がることになりますね。

　自らの正統を貫く考えと行動を選択できる人間が今とこれ

からの日本に必要。
　もう、眼に見えない領域でこれだけ食い込まれて、他国にも知られているだろうし、武士道の国は侮蔑される国へ転落しますか。
　右に倣い、媚びるの教育ではね……。

　この無神経さはどうにかしなくてはと、細腕の私財をはたいて寝る間も惜しんで必死になりました。

　どうして、日本の国が第一に重要ではないのか。

　科学先進の時代、性情報より、どうして日本が第一だよと選択が出来ないのか。
　細腕は折れそうで、絶望しかない？

　ここで明かりを消したが、いや、性情報が日本の国体の沈没と比較にアル、と言っている。

　生理の有（真）が、生理の無（嘘）となって、反対解釈が生じている。

　生理性情報ではないかとしたが、こっちもタブーだったらしい生理性は無（嘘）に固執している様子。そちらもしつこい、感覚は生じません、とするのは嘘でしょう。
　例えば、受動態としての単に手に触れる触覚の感受を否定できるの？
　それにしたって、国体の岐路が優先するとの気概、わたしだけ？
　チラリとキュリー夫人のプライド“科学愛”とか、誰かがいったようにしつこいと思うなら、国の危機に対して「しつこい」との主体性にあることを忘れないでください。

──────────（7）正しくないことを捩じ込まれて反発の心の力が生じない

***** '12. 12.6（木）

(8) 相棒の務め

　早く寝込んでしまいAM4：30起き。宛名入力が終わらないし、こっちの問題が絡んでくる。

　わたしの……（私にしては噛み応えのある経過、もしそんなことがなかったら……、忍耐に努力の限りを尽くしてきた所は歯噛みして悔しいと感じていると申し訳ない思いがするが、もし、この性問題の経過がなく事態が収まっていたら……もの足りないし、心骨に染み渡っている嘘、真の説明事象は他に見当たらないし、散見するそれらを企図するのは危険なのだ）行動確認こそ、（理）と（事）の大いなる反逆を正す、嘘偽りのない結果を明かします。

　理が一致しない、理が追いつかない、というのが、一般的な生活者の実情です。

　日常は無意識に、本当に意識になど止まらないで、習慣的な動きとして決められた回路領域を通過していきます。

　目先の妥協はしない、困難を選択するのが私の生きかたと言いました。突っ込まれる欠点はないと思っていたのに、初めての衝撃。

　赤だ！　赤だ！　の広がる画面いっぱい、ちょっと外出すれば赤い服、赤い車の十件位には遭遇する。各々主体性の位置が異なった人間同士が交錯する。

　どう物事を捉えているか。

　日本の最終岐路に立ちはだかる、赤い情報。

　自分たちには真相の姿が想像できない？　自分たちの性が抜け落ちるのも慣例としての《刷り込み》作用で、表沙汰になっていない、なっていないからこそ価値が生じて、生理を社会化して大勢が騒いでいるのが現実なのです。どこかのお

手引きで。
　自己解消が出来なかった社会の巨大ゴミ溜は、明治のそれでも助走の段階だった排泄作用の鬱屈（まだ可愛らしかった）に対して、最後の性生理の抑圧と鬱屈の解消が、いかに重大、かつ困難であるかの証明となりますが、一方は多数で隠し通して、承認すらせずに多数を以て貶めるこの比重、言ってみれば正常であることが働きを止めている精神の歪み（社会的にこういった経緯はどれほどあるか判らない）、そして、恐ろしいことに歪んでいる意識が働かない動物的な多数に対して、わたしは"嘘"は吐かない、吐きたくない。事象として起きていることに本能的、生における最も好奇な興味ある、闇の奥深く蠢いて不気味、消し去ってしまいたくても消せない、気味の悪い領域、蓋をしておけばその化学的反応の凄まじい"臭気"はひたすら隠蔽しつづけることでしか隠し、仮の消去の方法がない。かなり全意識とし人々が心底関心を持っている事柄、本能的にこの意義の解消ができないための盗撮でもあったことでしょう。
　自分達の自己消化できない穢い本性の暴露。

　なんでも隠したり、陰鬱を自身に招いたりしない正直者の気性は、だから「あっかんべ〜」で悪漢の鼻をへし折ってやる気概。
　勿論、結果論としてそう言わざるを得ないのではありますが。
　皆様は悪漢の力の前に　降参！　としてひれ伏したい。

　いや、あるいは同化の願望。心が動かないで、黙認とは同罪！　犯罪同化。だから、この問題の背後には、弱い、自己に溺れる、損得に軟弱な人間として、国の行く末にまで関わる重要、最終事態にあって、何を選択しているかの具体性を顕著に切り取って見ている事態でもあるのです。

受動態であり、内面と環境との活動の一致で構成される感覚として捉えられるそれぞれの生理現象は精神力とは関係がない領域。快楽が生じるから精神性を持ち出し、資本主義の欠陥である抑制の働かない精神性を、トイレや構造的循環の生理性のみに振り回して拘りに拘りたいのか。
　▲無意識の摘発が、この文書の要点でもある。カップル性とシングル性にどんな理論が生じているのか。誰も知らない。のっぺら通路は「ならぬものはならぬのです」で知能は止まり、詰まる。同じ機能、欲求があって「シングル性はダメ！」の差別発想はどこから来る？　単なる差別でしかない。理論など生じない。追求されてもタジタジするだけだ。どうして片方がＯＫで、片方がＮＯなの？「そういうものだ！」の馬鹿を言っちゃいけません。ダイナミックな自然体の機能性に、人間は制限を設ける権利があるとでもいうのだろうか。触覚としての頭脳意識にタッチして拡大してみると、種としての関係性があちこちと湧いてくる。そこにある真や違うものが見えてくる」▲

　長い、長い歴史的な時間、汚物を内蔵保存していた。それを爆破された衝撃から醒めやらない。ここに嘘と真の逆転が生じている。
　自己が何をしているか、夢遊病者として判らない。
　身体上、頭脳性との一致は、これには百年の細部変化の精緻な積み重ねによってしか浸透しないでしょう。
　対するのは、火急の日本の最終岐路の時と場となっている【精神の力】が対峙して問われている。精神力は、こっちに持ってきてよ！　事象の感情だけで行動する幼稚さ、軟弱さは、精神が堕落、全壊滅した今この日本では許されない。逼迫の時なのだ。

　精神が堕落した日本に"男"は存在しない。

武士道は男が為す業。

　腰抜けの日本の男じゃどうしようもない。
　わたしがのんきでいる理由です。そういう意味で"相棒"がいるようでした。肌理に潜り込んで失ってしまった本物の選り分けの開拓。
　理想の武士道に対極するような厳格な武士精神（不条理部分を含む）に反するような赤い性問題をひっさげて？
　結婚を諦めるという自己より他への意志は精神から発しているので、何事も精神が大きく働く上で成り立っている。現実的損得の勘定の視野は働かない。社会性としてのインチキな例は自己化の充足には当たらない。
　譲れない精神の力の選択が第一。

　それをのみ選択して、あとはばっさり。

　しかし、生活上、不利、不便、損、不足はさまざまに生じるが、そのようなものは他人に迷惑を掛けなければ適当に間に合わせればいい。
　表面上のお体裁など関係なし。
《精神》という目に見えない力を、目に見えないけれど、行動が変わり、骨格を形成する精神の力は、土壇場で拾えるのか、喪失していくのか、ちょっとわくわく、面白いと思いませんか。
　最終的状況に追い込まれた日本と赤い情報のどっちを取るの〜。
　ここまで付き合ってくださって、この過程表明の機会を与えてくださったことに心からの感謝を申し上げます。

9：28　寝坊をしてつけた『モーニングバード』、赤の模様が見えるようで着物の女の人が太刀でばっさり切られた、絵師

のお話。
　タブーとして乗り越えられない日本人の感覚、それと武士道とどう関係するの、という気分なのでしょう。

　タブーとして乗り越えられないものがあり、
　日本は　現状ありもしない精神の力も選択しない。

　人々は、ここまで押し込まれた組織というものに対する観念にあっては、諦めの感情しか持たないのだ、という本質に気が付かされる。
　わたしは個人の精神に繋がる感覚、感情が第一で、そこから変わっていくだろうという執念。
　今日は、午前にこの入力をして昼からは家事が溜まっている。食事作りから掃除、半病人のお風呂。

【プシケ】
　鐘の音——精神と肉体の強い結びつき。
　ジュール・ロマン
　性の問題の本質は、人間存在の所在にあって、生存意識のかなり大きな部分に居座っていて、衣食住に匹敵する領地を主張して身体的な本然としている。

　だから、嘲笑、下卑た扱い、遺棄、嘘で塗り固めたり、の扱いはしてはならないと思う。
　社会が明快で、清潔であるためには。

18：30
『スーパーJチャンネル』砂漠でフィッシングの映画CM

20：30　夕刊をよく見ると……復帰は裏切られた　／人・脈・記

数えると四つ目になるだろうか、私の性情報を放つ。そして、その渦中、電子レンジのガラスの扉は、郵便局から帰宅すると粉々になって使用不能となっていた。

　平清盛の12月2日の題名は「宿命の敗北」だった。
　新聞社は四つめ情報は早くから知っていただろうから。
　わたしの予知現象には、子どもの父親との件では、ものが壊れる音が付き纏った。デフォルメのご子息の時ももものが壊れる音がした。

　今回のように日本国を挟んだ相手を闘ってきた敵に引き渡してしまうとなると、みんなの頭が泥ではなく、わたしが泥として決着をしようとしたのだろうか。
　相手との決着には立場上、決着としたいようである。

　今後の影響は計り知れないだろう。

12月6日（木）夕刊
「人・脈・記」……は裏切られたとあり、ここのところの結論を言っているみたい。

　これから、送付残のお仕事を優先させなくてはならないらしい時計の広告が今日も二つある。それで、それに取り掛かります。

　●●●'12.12.8（土）AM8：30

　目の前に生じてくる自然的条理の前に人間は為す術がない。
　ある犯罪の許しがたい形態は、二つある。

（一）真実に触れる"真"に対して、引っ掛けて、絡まって瞋恚(しんに)を行う。

　真実や真相が嫌いなのだ。嘘の世界に安住していたい。あるいは、現状に対する理は生じないから、単に現状維持（表層）への固執となるか。

　白紙状態から、喧嘩が生じたことでの仕返し行為と【瞋恚】は意味が違う。喧嘩を売られたら、例えばその喧嘩を買って戦うというのと、正解を述べられると都合が悪い、との罪を犯した違反者が、襲い掛かってくるとは、正解という特定概念に対して、捻じ曲がった敵愾心を抱いて襲ってくるということになる。

　ここには心理のメカニズムが発生しているが、鮮明なる意識化という営みが眠り込んで沈没している。この点の扉を開ける行程がワクワクとした感情を齎すのである。

（二）健康的な普通の感情界に踏み込んだ侵食。
　現状の日本の社会状況も、それの侵食にある。細菌は目に見えないから、自分さえよければと呑気に構えている。生活、社会的土台は、壊滅寸前、決してオーバーではない、人々が重要だと認識をしていない事実。

　人間の基礎的感情、感覚界、夫婦、恋愛に、あるいは通常の人間関係に悪魔の種が仕込まれるのが、最も卑劣で、恐ろしい。生きた感情界は地獄界を現じなければならない。個人的にも、社会的にも、一般的な顔を装って侵入し、防ぎようがない。恋愛、夫婦関係に暴力団が関係してくる事例を二つ見た。

　他人事ではなく、お鉢が回ってきて渦中に巻き込まれ、相手と共にそれに苦しめられてきたのかな。その対象とする人間の本質、環境に迫った、心理を読み込んだ方途が取られるから、大体、強いところには取り付かないで、弱さを狙い撃

ちしている。
　世が世なら、彼も組織結婚とは呼ばれない、年齢も似つかわしい普通の幸せな結婚が出来たはずなのだ。
　最も純粋な領域は踏み潰される。
　一見、平穏に見える社会のその危機を、新鮮で純粋な心がどうやって識別して行動しろというのか。既に、意図的搬入の段階ではなく、素地としての環境の変化。

　条理に反していることを承知しながら、感情界が鎮圧されてしまう弱点は、強い理性力、強さでしか脱却できない。弱さを狙うこの視点が許せない。

●●●'12.12.9（日）
11：10
　ある事柄から、12月7日　／ＴＶ「熊が社会に近づいてきた……」。
——22：00
　あなたは　虚像を吹き込まれていると書いた。
　苦しむあなたの姿が浮かびます。

'12.12.10
『モーニングバード！』を見ていたら、EU……賞、該当しないが大きい活字になったので、私に重なった!?　'12年秋、「武士道」は困る力で反故にと。
　それに、まだ精進が必要。汚濁が押し寄せる状況だったから、どれほどの努力、苦労があったことか、死守の様子が伝わった。

　個人の礼節を超えた権力とどこと合作？　日本の盗撮という形。それを公開したことになるが、ここには人心の心理的、

化学的、社会的な人文の真相解明の糸口が隠されているのだ。愉快犯はそのようなことに関心を持たない。人間の心の内容から、異様に放出された爆発物との物性が生じたことは何よりの爆発物性存在の証拠で、ゴミ堆積という状態を解放する必要があった。効果は、穢い心中は空っぽになったことであり、それと隠滅しきれない事象の事実を隠蔽していたため、そして、一般的、社会的な認識通過すべき事柄が未経験であったことが、もう一つの混乱を招き、その儀式通過で心中の嘘、闇は消えることになる。隠し持って滞納していた部分は噴火により、慣らされて、嘘や知りたいのに触れられない闇の存在を清算し、各々のカラクリの圧力に悩まされることなく健常な内面性を取り戻すことができる。この問題に関して人々の性に対するこころの配置と構造が変化してしまうので、前と同じ心理の連なりではなくなり、大変化を遂げることになっていく。不満や殊更の好奇、異様な執着の必要がなくなり、あるべきものの正確な位置確認を行なった、安堵と安心を得たことになる。

　ゴミを出せば綺麗になるのである。自己が穢いということが判らないで、綺麗になる。理が付いてこないのは残念だが、ここから様々に心のあり方は発展する。24.12.10まだ、発送忙しく原稿未。

12月9日（日）午後、インクを買いに車で往復8キロ走ると、赤い車、車10台位、黄色の車3台位が行き違う。こういう時、何か動きがあったのね。
　世間が赤だ！　赤だ！　というこの声が、あなたは辛い！
　エリートの頭脳は一般と同じであっては困る。
　くたくたな神経ではなく、威厳を。理論構成が理解されず、入魂されていないから、犯罪者や一般に負ける。
　行動は理論など関係のない、意識にない定型で定まって自

動運行にあるので、理論と行動の一致は生じない。現実的な自己分解もできないモンスター型であるところに、理論登場で混乱。意識集中、頭は白紙にして、理論理解に集中してください。
　シングル性は目に触れられなかったゆえ珍しい。
　そして、見る人各自の性生活が明かされているのと同じことです。
　カップル性の自分のこととして想像してみて下さい。
　それを実像として、社会化したい？
　排泄や性に興味、好奇心ありといっても、排泄は特に不浄な領域。不浄と隣り合わせの際どく、不思議な器官、そこから人類は生じてくる過程の運動と結実。僕・私は、そんな構造と肉体性を持っていません、とは言わせない。

　性は人間のプライドに関わるような運動があるので、関わるのは　動物界でのたうち回って笑い転げる、人間としてのプライドはない人種と断言できそうです。
　プライドを維持する社会へ持ち出す話題ではないので、虚像を吹き込むと言っているのです。
　自分たちの性や、汚れの排泄実相が、社会の真の関心の実像である筈がない。
　歴史上、隠蔽、抑圧工作が心中に籠もる有毒ガスとなり、社会はそれを抱えていた。

　歴史上、こころは白く、透明な膜ではなく化学反応化する毒ガスの黒い幕で覆われていた。赤、赤は爆発の飛沫。
　社会への赤い飛沫を自己が放出。保存しているのが、赤の本人だった。
　哲学の具体的逆転。
　静まっている心中は、そんなみっともない赤を心中に保持しない。放出もしない。

したくても毒ガス保存をしていない。その辺、取り違えていませんか。龍みたいに赤い炎を毒腹から社会へ吹き上げている。
　自己の姿を知ることがないのを、モンスターと言います。
　溜まった汚物は噴出しないと収まらない。
　渦中にいる当人は、自己の第三者視という境涯に至らない。
　隠蔽・抑圧工作をしたことが、心のあり方を歪め、赤黒保持となった。
　最大の罪と原因なのです。

●●●'12.12.10（月）　5：10

'12.12.10（月）午後1時半すぎ、夕べ徹夜だったのでうとうとしていると、電話が一回、ジジジと鳴ってチョン。前稿の返事ね！　午前11時ごろ地元の街でクリスマスカードを出したり、お菓子のレシピに出るお兄ちゃんのセリフを考えながら歩いていた。
　飛び起きてパソコンに向かいこの稿を入力していると、ここで、午後1時50分。長い電話が鳴り響く。すぐ、ピンとくる。担がれた！　の演出？
　案の定、女の人が出てきて、間違えたかしら？　わざとらしい。

「私、失敗しないので」は昨日だか見たTV『Doctor-X』大門未知子だったけど、「私、組織に関してはしつこいので」。
　それで、今朝からTVの隠語が何やら今までにない……。何かを伝えようとしたので、憤慨して抗議。すると俳優さんの「僕も主人を信じるよ！」オレンジ色のハートは維持。午前、外に出るとオレンジの服、服が近辺に現れる。ちょっと眠くてお休みします。

TV『クローズアップ現代』冒頭で黄色の扇風機が燃えていたね。
19：58　私の格好、黄色タートルネック、NZの綱編み白がばっと大き目のニットセーター、紺のスパッツ。プリンター止まったので、会社送付3千未満で今のところストップ。
　'12年は8月、9月、……論文で昼夜なく追われた時間。
　また、11月、会社送付で昼夜なく忙殺の時間。これから大掃除の溜まった家事。
〈情報網に「つかの間のヒット」〉
●●●'12.12.11（火）5：25
　単純の頭【性の押し隠した、不気味な汚物・岩塊は間違いなく人間と社会に存在していて、悪の目の利用】。
　気持が悪い、穢いものを、心の配置転換（次元性の乖離と間隙の存在）をする方法でしか人間と社会から消すことが出来ない。
　現に排泄作用の醜い観念は消えた。性問題は、他の分野を引き連れて歴史上始まって以来の、一線を超えた土壌変化に対応するために、日本の稀なる宗教理論とそれに取り付いた力と共に現れた。

【十界論・日蓮正宗教義より】
六道〈地獄界・畜生界・餓鬼界・修羅界・人界・天界〉＝無明（明りのない世界）。
　時間、時代とともに人間の世界観、領域が拡大することにより、例えば〈江戸時代＝人界〉が〈維新以降＝声聞界〉へと真理に近づく時代性の変化と、教育は姑息な人間の心を解いていく。
　なお〈縁覚界〉〈菩薩界〉〈未知なる仏界〉がある。
　　十界論は　　心の［次元性］
　　　　　　　　　　［主体性］
三千世界十界互具・三世間の区分を以て、人の所在の位置

と心の位置を概ね、確定する。
　その基底を以て、一瞬一瞬の生は、三千世界・三世間の分別に於ける森羅万象を自己に引き受ける、あるいは磨いた命の主体性を以て、捌き、遊楽とする。
　遊楽という境涯が発生してくる。生とは遊楽であるべきもの。

　まだ、心と社会の領域は未知数で、具体的な動体の力が働いて、厚い岩盤の膜がつるっと剥ぎ取られると、新鮮な関係性の緻密な容積の層が待ち受けている。心が明るく、躍るような気分が湧き出す、という真の世界が控えている。

　ご自分たち手術を受けた当人たちは、汚物・歪曲物性の潜むエネルギーは目視できないから、摘出をされたとしても自己確認はできず、血しぶきの飛沫を私に撒き散らして、非難ゴーゴーの滑稽。おかげで、手術は終了しましたよ。
　本来の人文整地からすれば、自己に張り付く汚物の自己解消、真理の自己掌握は当たり前なのだが、不整備、欠陥人文の不気味な境地に弛緩して寄りかかり、安住する怠け者は、それでも同胞として社会形成をしなければならないのだから、あ〜あ、私はこの不完全動物態の面倒を見る立場で、16歳から人間らしい境地で生きることはできない、惨憺たる人生だった。
　相手の欠落の相対性を止むに止まれず引き受けるということが起こったのだ。
　その関係性の条理を解くと、未知、欠陥領域に安住の主は、自己領域にないそこに生じる価値を見出すことが出来ずに、最も潤沢で美に近づく目前に生じる齟齬（相手）を否定して、自己破損という選択をする。相手に見えるのは、自己が作り出した事の実像のゴミしか見えないからだ。

＊＊＊＊身体性（運動性）　対　意識性（思想）

　見えるものと見えないものが存在して、（理）と（事）の一致という（理）と（事）の分解と全く認識などが生じたことのない理と、繰り返しの事の認識、ゼンマイ仕掛けの身体性は、定型のマニュアルとして動体する。
　時間は俊足の速さで過ぎ去っていく。そこに意識が留まる余地はない。身体性（運動性）と意識性（思想）の二分領域で働く人間動体の解剖なのである。
　人間内で、大きく二分される領域、アヤツリ人形のように身体性の動きがぎこちない、この関係性で面白いのが、どちらに主導権があるかという問題である。
　ところが理という領域は、役立たずなのだ。
　勝負は〝身体性〟にある。理が伴って最良となる。
　本来、身体性は思想領域より感覚感情領域の支配を受けやすく、本能、あるいは未開領域を残した発露としては未成熟な、非命令者としての地位の所在にある。
　身体性は、先に述べた半人対怪獣のバランスで成り立っているということは、自然界の荒ぶる猛威の力を同じく得る本能と同時に備わる理性の精神力の対立との構造である、ということなのだ。

　身体性の行動の決定とは、善悪の思考、意志、選択の決定等が生じるのが、理性と精神力と称する領域にあるからには、自ずからの内の各十界論が明かす、傾向性、あるいは要素の確定される物性の刻印を打たれる運命にあるということを悟らなくてはならない。二分されて、引き合い、自己認識は敵わなくても、行われる激しい葛藤のシーソーゲームの結果を現出させていると思われる。二分される一方の力が決定的に強く、一方は決定的に弱いとの傾向もある筈。
　いやがうえにも、備わっている本能は養成される必要はな

い。
　単純に、もし、森の中に産み落とされたとしても、その力は自然体で発生する。

　これを歴史は一致するべき（理）、精神性との分離、分解との試みを行ってこなかった。
　そのため身体性の非命令者の優先、置き忘れられた理の精神とは逆が行なわれるのが常態となっている。身体性は慣例と結んで、歴史的に無意識承認にあるのだ。多くは安心して寄りかかる。それらの弊害が最大の局面となる時代が迫った。

　理の力は弱く、沈没していて、やはり、人類はもがき苦しんでいるとの実感が生じている。ほとんど無意識に閉じ込められる。半病人みたいなものである。
　社会概念と言うべきか、大雑把に時代の思想は取り上げられるが、現今、引きずられて細部の理は社会概念に任せられ大事とは直面していない。

7：19
　TVを見ていると、赤だ、赤だの大合唱が聞こえてきそうな、選挙活動が映るが、思想的中間層と言うべきところの赤、赤大合唱の模様である。
　その思想的中間層は、（精緻な視野・ヨーロッパ的視野の欠如）を重大事とはとりあげていない。成るべくして成っていく様々な要素が収斂していく結果は、確かに人為ではない自然体だ。
　このヨーロッパ的視野（縁覚界）の欠如、明治以降実利における社会的利益追求には研究、開発の力が及び、物理的分野で吸収、恩恵の授受にあった。人間内面には届かない。
　明治維新のお蔭で、人文の内容に迫る重要な分野を日本は基礎的に取り込んでいたが、その萌芽を受け止めた人という

のはほんの僅かなものだった。
　江戸ちょんまげと新機軸の思想乖離は、明治の分裂と殺傷を生む。

　しかし、明治、大正、昭和の初めの頃、戦争後はおぼろげに、そして、その精緻な人文領域を開発しうる基礎領域を維持する働きは生じていた。私は片鱗を感じ取る時代にいて、そのお蔭で恩恵を蒙ったが、終戦後、消滅していった。
　日本が今第一に取り上げなくてはならない危機問題に、鈍感だ。
　絶望的に鈍感なのは、この分野の閉鎖にある。
　領域開示の遅れ、狭い思想体系のここは最も重要な点だが、明治維新でそこでの思想総括は行われない。どれほどの先駆者たちの努力と苦渋があったかしれない時代が押し広げられていった過程での、根源的な解剖と認識が次世代を養育していかれる基礎となる点、精緻が一向に顧みられない。日本の、この点の養成が注目されなかった、実利を二分する力なのだ。孤島が取り落とす思想乖離の幅は大きく、時間による遠視が設えられる環境まで待たなくてはならないことだったかもしれない。
　新機軸を押し止めようと命すら狙った人々も、受け止める恩恵に関しては、恩恵だけは受け止めて、そこに意味すら感じ取ることはしていない。
　その人文の遅れ、大陸よりも孤島の日本の遅れに早く気付く必要があった。だから、孤島性は、渦中にいてもサッパリわからず意味不明でいる。

　つまり、精緻な理など、生じようがないのんきな形相である。
　こういう段階が、赤だ，赤だというのも無理がないのである。

郵便はがき

料金受取人払郵便

新宿局承認

1247

差出有効期間
平成28年4月
30日まで

（切手不要）

1 6 0 - 8 7 9 1

8 4 3

東京都新宿区新宿1-10-1

(株)文芸社

　　　　愛読者カード係 行

|ｌ｜ｌｌ｜･｜ｌｌ｜･･｜ｌ｜ｌ･｜｜ｌｌｌ｜･｜ｌｌ｜ｎ｜ｌ｜･｜･｜･｜･｜･｜･｜･｜･｜･｜･｜･｜･｜ｌ｜ｌ･｜ｌ｜ｌｌ｜

ふりがな お名前			明治　大正 昭和　平成	年生　歳
ふりがな ご住所	□□□-□□□□			性別 男・女
お電話 番　号	（書籍ご注文の際に必要です）	ご職業		
E-mail				
ご購読雑誌(複数可)			ご購読新聞	新聞
最近読んでおもしろかった本や今後、とりあげてほしいテーマをお教えください。				
ご自分の研究成果や経験、お考え等を出版してみたいというお気持ちはありますか。 ある　　　ない　　　内容・テーマ(　　　　　　　　　　　　　　　　　　)				
現在完成した作品をお持ちですか。 ある　　　ない　　　ジャンル・原稿量(　　　　　　　　　　　　　　　　)				

書 名							
お買上 書 店	都道 府県	市区 郡	書店名				書店
			ご購入日	年	月	日	

本書をどこでお知りになりましたか?
1. 書店店頭 2. 知人にすすめられて 3. インターネット(サイト名　　　　)
4. DMハガキ 5. 広告、記事を見て(新聞、雑誌名　　　　　　　　　　　)

上の質問に関連して、ご購入の決め手となったのは?
1. タイトル 2. 著者 3. 内容 4. カバーデザイン 5. 帯
その他ご自由にお書きください。
(　　　　　　　　　　　　　　　　　　　　　　　　　　　　　)

本書についてのご意見、ご感想をお聞かせください。
①内容について

②カバー、タイトル、帯について

弊社Webサイトからもご意見、ご感想をお寄せいただけます。

ご協力ありがとうございました。
※お寄せいただいたご意見、ご感想は新聞広告等で匿名にて使わせていただくことがあります。
※お客様の個人情報は、小社からの連絡のみに使用します。社外に提供することは一切ありません。

■書籍のご注文は、お近くの書店または、ブックサービス(0120-29-9625)、
セブンネットショッピング(http://www.7netshopping.jp/)にお申し込み下さい。

ある時、「日本では知られていないワインをヨーロッパは知っている」という隠語を示してくれた。

　まだ新聞を見ていないが、これは四季報会社送付の大方の意見であるだろうし、私には理なんか生じませんよ、理なんか関係はありませんよのお題目みたいに見える。成り行きとしては当然だろう。

●●●'12.12.12（水）8：54
　パソコンの不具合と最後の追い込み発送で、こちらに関りたくても時間がない。

●●●'12.12.13（木）19：37
　一般から見れば、自己に不利な情報が入る冊子を全国の大会社に、自腹を切り、挙句に悪評が返ってくるというのに、時計に追われて、熱意を込め、熱中して、どういう神経かと疑われていると思うが、少し抜かしたりして、全量に至らなかったが3千社以上の発送は今夜で終了。4ｍはある幅だから、車は行きかう道から、橋下大阪市長の声が響いてきた。

　夕刊、見ました。事態に対応してもらったことでよいと思っています。
　夜中の1時過ぎに、発送は終わりにしました。
　かなりの重労働でした。ここのところの出来事と、新聞をよく読んでいないので、あす、整理をして、この稿に臨みます。

●●●'12.12.14（金）8：35
　朝のＴＶ7時ニュース、女子アナに、続くドラマに鮮明赤やオレンジ。

政治的に新聞、……に戻れコール、そして、実現。プロジェクトの今までと対応は違った。
　レンジ破裂の"もののけ"も起きたし。
　私は胸に風穴を開けられたが、一向に原因が掴めない。
　通常一般とは違う、人々、次世代にその思想伝達と影響を及ぼす、特権階級という場にいる人なのだ。————

　つづく朝のニュースの場面で、灯台回復にオレンジの表示があったが、ここ一ヶ月の会社冊子送付中に、起伏が起きていたようだ。この間、大量発送する郵便局等で心配そうな追尾者のスタンスから、夫婦で組織者らしい住所、氏名明記の封筒が朝刊と入っていて、カッターナイフの替え刃がにょっきりと脅迫状と共に出てきた。

　［……日本の全国のパチンコでどんどん繁栄する北朝鮮、韓国、組織バンザイッ！　わたしは組織様と朝鮮さまを死ぬほど愛し、尊敬している。……」
　仏教を通した、朝鮮半島、中国は、家族同様の一衣帯水の連なり、人間同士は色々あるが、仲良くできると信じている。
　しかし、情けない姿を晒せば、侮られ、馬鹿にされる。
　その辺は肝に銘じてもらわなくては。
　さて、本題の赤赤赤、TVを見ても、ちょっと外出しても、この赤赤が付き纏い、昨日辺り、新聞の「全面通行止め」記事や、先週辺り、「……賞、過去形に……」の某教授の言葉もあったし、ちょっとした気配からわたしは最低のどん底状態にいるのでは、と実感する。
　それでもせっせと日本中への発送に励んだ。

　この外側の赤赤反応と矛盾に見えるだろう私の内面の相違は　何？

考えてみれば、冊子「NO.78／□武士道の復活」では、武士道の復活を言うと共に、武士道にあっては、最も遺棄されるべき領域であった性情報が堂々と同居している。遺棄とは、抹殺同様の扱いである。
　物理を科学として見る、深層心理と社会の関係など、事象細部の本質に迫る時代に、昔の概念は人間の頭脳、行動には深く根付いていて、正解とは言えない時間的な錯誤が生じているのは無理ならぬことではないかと解釈。

　武士道は峻厳なる精神の世界を行動化する、困難、難しい、目に見えない心の道理、条理の実行にあったのだが、排泄現象はどう考えたか、性現象をも有を無の抹殺を以て「静けさの維持」とした。
　抹殺しきれないものを抹殺として扱い、国民もそれに流通したのである。
　日本人はその静けさを静けさとして継承している積もりなのか。
　この性質としての文化性は、確かに遺伝的に継承されている日本の独自性なのかもしれない。維新以後、列強から学ぶ姿勢で追いつこうとした立場は、だから帝国主義を習いとしてアジア同胞への悪評も残してしまった面もある。
　列強共々、本能的闘争の時代性であったことは、アジア同胞の人々に理解してもらわなくてはならないことだと思う。

　だからと言って、武士道の精神性の制御とは悪い意味にとれば、時代の危機にあって、その押しつぶす我慢の総合力ともなり、慣らされる習性作用の外国侵害にも動じない国民性となったら、占領は簡単だ。つまり、その性質は利用に適うのだ。
　本来の剛毅な精神性が貫かれていたら、侵略などされない。
　そして、この外国煽動の狂乱の赤表示の反応とは、静けさ

の意味も解らないでただ執着するのみなのではないか。精神が平定する静けさには意味があるからだ。事象の第一の目的は精神性における必要以上の欲望の制御を以て治めることを実行、貫徹した。それでしか調和の取れる生は生じない。私は科学の時代、肉体的制御と言う意味で、生理に制御は意味がないとしているのだが、当時は他の重要事項の精神性の制御が働いていた上での、制約であっただろう。重要事項の精神性が全て消えている今、性のみの精神性の要求とは、滑稽な事態を通りこした侵略を受容した国民と国家態となるのではないか。

　都合の悪い、どう扱ってよいか回答を得られない領域は、「無」として国民に刻印を打った。「有」を「無」としたのだから、国民に"嘘"の確定を提示し、科学知識のない時代はそれを受け入れた。いや、現代人にも、排泄や生理問題は、「無」と扱っていて欲しい欲求は当たり前なのに、不穏を秘めては当たり前にはならない。「無」とするには「忘却」の順序なのだ。よい例が排泄現象の平定で、忘却の本来収まるべき位置に定まり、人々の安心、生理情報が社会で卑やしめられたり、嘲笑の対象にならない精神性の浮力が熟成の時間経過にあって、収まったのだ。排泄行為が常態として、社会認知段階に移行しなければ収まらない、ということかもしれない。それほど洗練とはほど遠い、原始的感情に捉われたままの頭脳回路に居続けている現代人の実態。性の問題はもっと深刻だ。そんなものが他人を貶める材料に使用される可能性は考えただけでもぞっとする。
　そんな機会が生じたとしたら、"是正を命じる"自然界の働き。

生理現象とは、汗の排出等を含めて動体としての生に欠かせない機能性。
　性機能性に関しての記憶だけが、社会化しかねない状態に置かれているのには、理由が存在しているのだ。他の機能性に関しては、人々は歯牙にも掛けない無関心さにあって、忘却に適っている。理由が存在するのである。生理現象と機能性は、全て同等、歯牙にも掛けない状況が理想なのだ。
　排泄も性も人間が特別視したのだ。

　理によって分解されるのではない身体性の本能的判断には嫌悪、遺棄、蔑視的な弱点を備えたものへの単純な差別を以て、原始性そのままで、あらゆるものへの公的差別が生じていたのと同類の心の働きが働いた。

　原始性が支配して多数が鵜呑みにした点が問題で、鵜呑みにしていた従属性は、頭脳回路の停滞と夢遊病を齎し，深層回路に蓋をしてしまう。
　支配の鎖に縛られる慣性と倣いは、人々を解き放たないで、その前の教育すら届かないままでいる。社会や人間の本質を知る前提は、言葉による人文の分解と自身の行動する位置を知ることにある。
　今回、一般性の同化という問題に本当に驚いた。
　私自身すら自己が何で、社会の人間の実働がどういうものか知らないでいたから。

　特に、日本の武士道の禁欲の思想は、性は、生理という理由で今、別問題に置くとして、武士道の本然は《精神世界》を以て、筋道から外れようとする本能を、制御するのは禁欲思想の実行なのだ。健常で、頑健な土壌形成をしていた。

　今、世界は欲望放埓の時代。

その精神界の放埒引き締めの何物もない人と時代が、偉そうに言えるのか。
　皮肉にも、この時代、他国侵逼の危機に、国民が崩れてしまっている困難な状況にその頑健さを表明したのは女の私だ。この《頑健さ》を失った今日に、性と言う自然生理性にのみこの頑健思想を当て嵌める、肝心の精神力は何もない。

　4世紀ほど前、デカルトかパスカルかの運命の選択によって、人類の行くべき道を選り分けられたように、明治維新以後、西欧を取り入れられなかった日本も行くべき道を見失い、精神的に恥ずべき国となりました。
　PCには物性分解の機能と創造力はありますが、豊かな人間としての形而上世界観は微塵も姿を現しません。
　その反省は、いかがでしょうか。

　何か、お忘れのことは心に浮かびませんか。
　あるいは巨大な運命共同体として、避けられない今日の日本の運命だったのでしょうか。
　また、人文条理に熱心な関心が持たれたと言えない数世紀を経てみると、全体構造としての社会の〈嘘と真〉はじりじりと逆転して入れ替わって行ったように見える。
　人間の行う解釈に、〈真逆〉状態が生じている。

　そのような事態が、目に見えて生じている事が判るからである。
　大事なものを失っているだけでも、自分たちが赤の正体であり、性は科学の時代だというのに、私はその精神の頑強さを表したら、生意気を懲らしめる陵辱がやってきた。危機を人々に知らしめ、性は科学の実効のカードを切った。歴史的タブーを突きつけられて混乱状態にあるかもしれない。それを認めるのには時間がかかるのかもしれない。

今、逼迫しているのは国の問題なのだ。
　精神のセの字も省みられない頑健思想喪失の実情にあって、精神力について、思想について考える機会が生じるのか。

物事の取り上げ方。表層　　　　対　　　　深層
　　　　　　　　　狭い視野　　　対　　　　広い視野
　　　　　　　　　非哲学領域　　対　　　　哲学領域
　　　　　　　　　非自由　　　　対　　　　自由

'1212.15　16：00
　単純に、精神の発露を起点とする物質性は、目に見えない精神力でも、モノの姿でも、真っ直ぐで、明快さを表す直線は、嘘、隠す、秘密の人間の作意によってすでに大いなる変形、ぐにゃぐにゃになって、実相を正確に文章化することは不可能だ。

　性は人類にとって、扱いにくい、嫌悪すべき秘事、排泄行為すらそれを生体維持の機能として素直に受け入れるのに抵抗が生じていて、両者とも他者認識には嘲笑が伴い、自己存在には否定したい無意識的な潔癖観を抱く、という人類の拒否感を以て、隠蔽の方法を取るしかなかった。
　ところが、心理の働き方としては、真相は真相を受け入れる以外に正常の運行はあり得ない。そこで隠蔽のための工作作用が起きると異常心理が発生する。樹木の養育を見ても、素直な流通に対して細工等圧迫や捩じ曲げは変形、あるいは変形の理想を追求することになると、それが考えられる理想としても変形の力の分散が起きる。停止する樹木は思うように制御が敵うが、活動する人間態を隠したものは、不気味だから隠したそのエネルギーの熟成分子を養うことになるのだ。これが性本来の不気味さ以上の不気味さを内蔵させる。複雑

な容量は樹木に比せない。人間は、全ての要素を維持し、他の理解にも及ぶ素質を持つものだが、この不気味さは人工創造物なのだ。平気で関われる人がいる。だから、何事にも考えられる病巣を生む構造は、除くべきだ。ただ、そこまで見通す緻密な理論が、今まで生じていたかというと、人文科学、社会科学の明細の開発はこれからなのだ。

　隠蔽の上にも隠蔽の、びくびくして安心できないような、不安がそれとなくあると感じるのは、実際、歴史的毒素と変じた堆積物は存在し続けていたからだ。

　それで、科学的願望は、排泄作用が百年掛かって平定した忘却へ持っていく概念確定に性の問題は二重、三重の要塞を控えていた。もっと隠したがる神秘性、そこに隠れていたいらしい密かな逸楽、相対的に欲望を引き出す対象、この領域には怪しい、不思議、魅惑、卑下したくなる感情の坩堝、淫靡でじめついた感覚の総合性にある。

　実際には、自然性の是か非かと問われれば、自然性の否定、毒素の取り出しと消去も否定する。自己心理のメカニズムの学問認識もされない、次元的乖離の別次元が存在することを誰も教えない、無知、闇同様の社会の中で、あらぬ次元に収集と固執の多数を相手に、一気呵成の真相暴露は大胆な外科手術が行われたようなもの。赤、競売物件の広告の連なりは波と襲ってくる反響の、毒素そのものとして発散、収斂、次元性を破壊する異物（非自然性の爆発）として働いた。
　もう穢い世界は、理を知るものたちにとって飛び去る。

　しかし、実情、理など存在しないで人々は生きてきたから、今後、それが生きるかどうか判らない。しかし、さながら人

間の持つ醜怪さ、そのものの他人への攻撃と爆撃に晒される惨状と込み入ったものの分解と爽快さを、秘めたる諦念と共に受け入れざるを得ないだろう。

　自己及び自己行為が頭から抜けて、煽動に乗せられて他人事と囃し立ててみても、冷静になれば、自己のことに他ならない。

　間違いなく爆発のエネルギーは生じたので、閉じ込められ、畳み込まれた異物は屈伸を遂げて解放された。

『Doctor-X』という番組を知らないで偶然見たとき、最終回寸前だった。昔の公衆浴場のお湯の中で足元をバッと湯面に現した場面があって、初めてこのドラマの意図した、気付かない人びとへのメッセージに私自身も気が付いた。

　世界が科学として取り上げたことはなかったと思われる。
　1対多数でも、事象を挟んで、自己と他人の見えない違いが、露わになる。
　その多数行動は、昔から、そういうものとの規定にあったのを忠実に守り、社会常識としていたのだから無理はない。
　言ってみれば、騙されていた。
　歴史とは、段階性にあるとの心の余裕。

　昔と同じに"嘘"を吐きつづけなさいと、有を無としなさい。そうしたら赤はやめて、白に戻ります、との人々のメッセージなのだが、よく考えると変でしょう。嘘つきは白にはなれなくて、自己表示の通り、平気で嘘を信じ押し付ける赤でしかない。

　この単純な理屈だけではなく、時代は進化する。
　居ながらにして他人の家を覗く時代総合細部の顕現にあって、武士の時代の齟齬のままで、現代に通じさせようとする

方がおかしいのではないか。
　誰にとっても同じこと。活動体の有を有と、私は嘘を吐かない。
　嘘吐きは赤。嘘を吐かないのは白。

　あなた方の言う通り、有りを無しとはしない。あなたは自分が白で、私が赤と思っているようだが、あなた方の赤になる積もりはない。
　武士道の気骨は、条理の筋道を通す行動力にあった。
　条理の気骨には、殊更、嘘の介入はあり得ない行動を以て潔しとする基本体なのである。
　通常、このことはなかなか難しいのだ。既に昔と今の物事はひっくり返った。習性となるのだ。それで性の問題の範疇が、条理に適っているかとは、とても追求する時代ではない。有を無とする嘘の範疇に押し込んで条理とした。
　私の冊子は、武士道と共に、非難に値する性の問題を一緒に並べてもおかしい矛盾にない。
　精神の条理を実行する行動と精神の条理の分野に存在しない、精神性のあり方に不純を持ち込んだのでもないシングル性の生理性に、カップル性同様の自然体をおく。
　　中断

●●●'12.12.15（土）6：10
　実相に対して、溜まっていた毒素のエネルギーは爆発、放出されて、人びとは毒気を抜かれ、同居の汚物物性がいなくなった事に怒りを表す人もいる。何の物性と渾然一体として社会化し、無意識的な組織との同衾で夢を食んでいたか、その精神性を打ち破る機会だった。
　表層次元の浅い解釈の生に対して、深層解釈の〈事〉の発現は、一瞬にして否応のない真実を具体化する。真相とは承認でしかない。

真実に対して、抵抗が生じ、素直になれないのは基軸としての社会追従の精神のあり方に歪みが生じているからだ。

　この歪み方は尋常ではない。
　この人間にとって重要な精神性の基軸に生じている歪みの事実が、性の問題から露見した。生とは素直な精神の流通であることが、社会の健常、健康さを維持する条件である。

●●●'12.12.15（土）20：35
　午前中、疲れが取れなくて、午後から上記、昨日分の追加をした。
　二つの大きな課題の提示どっちが大事なのか。

　一つは、国の危機だが、日本国民として意味は通じたのだろうか。人々の印象は、性問題に集中して、重大事は宙に浮いた観があるように感じられた。それほどタブーと信じられていた領域に踏み込んだ驚異にあって国の順位は誰かが目論んだように次点となった。理論と身体性回路を繋ぐ行動化にも、理論が行動と結ぶとは考えられたことがない、習慣にないから、私の理論は理論。では、自己は何をしてきたか。考えなど生じていない。内容を考えてみたこともなく追従してきただけだ。観念としての理論と読み、素通り、自己行動の分解、比較は行なわれないのが実相。

　私は（事）と（理）の一致は当たり前だと思うし、意図して目指す。
　だから平気で組織にも関わった。
　大事に関わりもしないで、おかしくないのか。
　人文分野の根幹は、大学でも取り上げなくてはならないはずだが、その形態を目指すには先に理論性に慣れる、熟練が

必要となる。
　理論と事象は全く一致していないので、各、分離したものとして一致の意識はなく、望むことすら忘れて通過する。慣性の力は強引である。
　真相の科学性に届くのであれば、一致しなくてはならない。

　現状、このことは天地がひっくり返ることとなる。
　土壌は歪んでいるからだ。
　正直者になる（現状からこの領域を選択するリスクが生じる。嘘確定の社会証拠。正直に対抗する多数承認の嘘の力が立ち上がる）。
　その事実の認識の第一歩から、それは事実で、そう気がついた時点から事態の本質に繋がる。

　その異常事態の対応とは、メカニズムを知らずに呑気でいる多数の傍観者の【意志】の認識化。

『恥ずかしい！』の言葉は、武士道の精神世界だ。

　生理性の盗撮と暴露の受容体を『恥ずかしい！』とは言わない。
　精神を持たぬ『動物態』の能動を行う者に該当する言葉だ。
　生理行為は恥ずべきものではない！
　これを恥としたら、皆様の生をも恥とする。
『あっかんべ～だ‼』
　病院では、常識として秘密裡ではあるが、いつでもご公開だ。真相は知りたいのが人間で、自然体に任せず、隠蔽行為がおかしい意識化を起こし、鬱屈とゴミの堆積が始まったのだ。
　深層領域と表層領域の解釈、の明確な相違だ。
　要点は、性の問題ではなく、支えられていると信じている

土台の根源的な検証にある。

　確かに、冊子配布で実情認識したところで、何が出来るか、怖い、怯えが先に立つ。何も出来なくても、多数が──意志を持つ──精神の力は、働きを生む物性なのだ。

　（理）と（事）は一致しなければ、正常ではないのだから、現状は諸々、異常なのである。いえ、世界の歴史がそうなのだ。

　精神の力は死んで、動物態として身体性の社会慣性が夢遊病者のように刻を食んで通過していく。
　精神の力として意志を通すことはできるのか。
　きっと思いもしない、考えもしなかった（理）と（事）の一致。

　自分たちの子孫が暮らす、自分の国、日本である。
　（理）と（事）が一致する（理）の行動化が敵うその実行が一刻も早く実現できることが　日本の人材育成の道、緊急の日本の道。

　自分たちがこの国を守る以外、誰も助けてはくれない。
　この真理を実行できた日本人は真に強くなる。

●●● '12.12.16（日）5：00
　部長の勝手な動きに右往左往のCMが、昨夜、遅くにあった。そんな立場に立つことになって恐縮だが、いつも、グズ、時間経過がないと次は何？　が浮かび上がってこない。

　わたしの時代感覚、年代は、《精神的骨格を実現化して、

行動とする》と《性問題は生理として、精神性とは関係を持たない衝動的に起きてくる現象。備わって存在する機関を、よくも嘘をついて！　無とすることはできない。特殊作用は備えるが、人体の全てのエネルギー交換作用と同様の一環》として、もやもやは切って捨てる考え方にいる。

　内容は、ご了解いただいたでしょうか。
　不自然性の悪害に思い至らないだろうか。

7：45
　この経緯は、社会構造全般に波及する根源として位置する。いつの間にか、一般的な事項の根源に「真」と「虚」が入れ替わった嘘社会が現出している。

8：15
　小さい旅　はオレンジと黄色の紅葉や銀杏の彩りに。
　黄金のふたりは離別でしょうか。

'12.12.17（月）7：15
　強いトップは、考え付かないのである。時代と表層に安住する孤島性が弱点であることに、深層の悪の発現と流通、心理操作という時代の変化に気付かないできたのだ。
　逆手でかわす国としての自主性を持たなくては生き残れない時代だ。
　深層領域が開拓されない、言わば、低い知能層を多数獲得する、誘導していく心理操作状態にあるとしたら、末広がり的、拡大、拡散していく数量の密度に焦点が当てられ、救えない、という状態が出現する。そういう視点に慣れない視野には見えにくい侵食で、日本の毛細管の黒点は塗りつぶされて、気が付いた時には対策の方途はない死なのである。
　何事か、ものを言うということは、反発としか解釈できな

い、されない、あるいは現状否定としか捉えられない傾向とは、理は通常から発達し得ないもの、そんなものの存在はあり得ない、だからそれをよく承知する日本人はものを言うことをせず黙する。論文の世界ではない、一般的な社会条理の現場でのこと。理は別世界の扱いである。社会的な未発達性は内向して、自立の骨格を養わない。だから、とりあえず、事象と理論の各存在を意識化して、現状の無意識で行動している自己のあり方に対して、付随し、影のように添う理が成立していることに目覚めるべきなのだ。理なんて知らない。考えたこともない。

　自己は骨格形成している物事の中心に位置している自己という自覚を持った自己が、理の確認を以て環境を制する事とするべきである。

　日本的環境からすれば、突飛な行動！　となるだろう。私の冊子発行のようにね！

　本来、根が違う。しがらみがない。押し込まれる弱点もない、と考えていた。今回の性情報は、これは思いも掛けない事態であったが、「弱点」として反応しているのは世間さまなのである。表層と深層の領域範囲が異なるから、深層にあるものにとって、常態の部分と化すから、一向に困る解釈は生じてこない。

　理に通暁している積もりのものは、強いし、困らないし、心に影は生じない。

　理の筋道と事を通せば、歪みや変形の定着にある環境的反発は起きずにはすまない。だが、一個人からそれは切り崩して表明していかなくてはならない、手当てのできない細部なのだ。

　日本人のイメージからすると、勇気がいることだが、日本人の内部精神性を養うことを必須として迫られる時、行動か、無認識の窒息死かしかない。

　会社宛の冊子発行の意味が、私にとって尚過酷であること

は百も承知している。
　齟齬の塊とごろつきの体感、違和と不明の感受は私からの表層思考への拒絶だ。
　そんな所にいたら日本は滅んでしまうのだ。

　ぎりぎりで武士の国が、日本の丈夫として再生ができるか、微力ながらチャンスは与えられたと考えてよいのか。
　危機は国民には届かない、歴史の勢いという流れの最大の時期を迎えているようで、今回の衆議院選挙でも顕著な特徴が現れた。毎回、毎回微量ながら増えるという傾向と、それに対する危機対応のなにも考えられない無防備さに細る国力を感じ続けていた。まさに認識されていない恐怖。
　分散され、溶解していく恐怖。先日のある番組で、「敷地侵入の実行が何十年かの期間、継続されたままでいると侵害されている方の権利無効」となる、とんでもない法律があると聞く。その法律策定も骨がない。
　この国の独自性と自己権利はどこまでいっても変わらない。

―――――――（8）相棒の務め

***** '12. 12.17（月）

(9) 恥概念

〈恥〉概念とは何か。

　辞書には「面目を失うこと」とあり、あと、形容の仕方が並ぶ。

　この一行の文言を以て解釈を任せられている内容を分解してみると、人間の中身は、私的公的を問わず、『精神の力・領域』と『本然的行動の力・領域』が備わっている。

　トイレに行くのに、一々精神領域を煩わせて、自己行動はいいのだろうか？　悪いだろうか？

　生の基礎、トイレや性行動の発露に面目は生じない。

　拘り、反発が生じるのは、二分される表層と深層解釈の相違があり、表層は多数者として「性は生理現象」との解釈はできない。それは単純科学と認識しない。無（赤・嘘）は有（白・真）と解釈するより、（理）の実働がなければ歪曲の身体性の継続に引きずられる。「性は生理現象」でないとすると、武士道の概念は何と定義している？

　武士道には、元々、概念としての理論形成は生じていないのだ。

　行動のみの結論が具象化する。

　自然体阻止は病理の元だが、快楽は無駄な運行、卑しめ、枯淡、武士道に通じる潔癖さの精神界に所属させている。

　厳禁は厳禁の思想と考える気持ちも解るが（理）は成立しない。

　あってはならない、との精神界直行。

　（理）がない物事の規定があるのか。

　一方、性は、生理範疇に入るので精神界と関係がないと考える。

宇宙と一体化している自然運行の熱量は、嘘の次元を吹っ飛ばす力がある。他の生理機能の使用を禁ずると同じ効用を発生させる。正常さの死を命じると同様の奇怪通念を生む。しかし、どういう理由だか、自分たちにも意味不明で反対とする人々の考え方は、昔、発生していない理論からすると、生理でないとする考えは、精神界に所属するべき禁欲の領域と確定するべき理論となるのだろうか。生理でないとすると何になるのか。カップル性の自分たちは正常で、シングル性は汚物扱いにすれば気が済むのか。キモチガワルイヒトタチ！

　この問題は私から始まっているけれど、私の性質は、他人事でありながら、いつの間にか既成概念として、百万単位の非正規社員が生じているという発想に、ある女性社長の「明日食べるものを提供できる」言葉と、追い詰められて秋葉原事件を起こしてしまう若い世代と、人間の生に差別が生じることに、大いなる憤慨の種を得る種類の人間だ。

　親、病弱な家族のために自分を諦める選択をしてきた（菩薩界の欠点、自己が沈んでしまう）。

　その理由は？　昔、そう決定されたからか。確かに武士道には理論はない。現代風理論も無のまま、偶然に発生した物理性も滅却せよと言うのだろうか。

　有と無の嘘が発生して、捻じ曲がった精神性はそのまま。西欧経由である私なので、性〈有（真）が白〉〈無（嘘）が赤〉などの理論が生じてくるが、実際に武士道の維持、継続された精神界に立脚する"特別な心の働き方"は、通常は、表層的な慣性の倣いの内で蔓延していく心性の流れを、ぐいと中心の心棒に引き戻す行動として、実現化していく特徴がある。どうしてそのように考えられたか、は判らないし、西欧のような理論は発生しない。だが、〈真正の事〉の発現が、否応のない正統の文脈の実行のみに遂行された。世の秩序と

人心の安定を齎す（事）の実行のみが、実現した日本という国は、不思議なほど"骨格"の維持を可能とした。筋道を選択する的確な判断、生じる責任の明確な掌握、それら重要な解釈された領域は深層に所在していて、的を外さず、文脈化なく事象化したことが驚異なのである。世界に賞賛されたとの理由は、骨格の何かの選択に正確に対応した理想の国の実現にあったからなのだ。
　精神の力、骨格、（理）の解釈と流通は始まったばかりだ。
　直接行動に訴えるだろうから、本然とするのである。
　物理的生理の問題は、もうここに逢着するしかないから、そして人類は逢着したがっているから組織の国取り合戦に登場してくることになったが、特別枠と区分差別を企図したために、特殊化したものとして祭り上げられた最後の物理的生理は、本然と言う自然体に外国同様に精神工作をして変形を企んだのである。精神性流通の原則を乗り越えてしまう異様さとして人間に訴えてくるものを性は孕んでいたのだろうと解釈される。

　物理性の自然体を折り曲げた上に、恥概念を創作、挿入したのが人間なのだ。そういう観念が下敷きとされて、隠したのだ。だから、遮二無二性は秘すべきものの創作観念とした。排泄だって、性だって、言われなくても社会化しようとする馬鹿はいない。自然体として、偏見や侮蔑や鬱屈なく、人々の心性を健康的に掻い潜って、自然認知される方法がとられることがあったら、それが最良の自然放置に適ったのであるが、暗黒の次の段階として、一つ一つの段階性が無事領域清算されていくのは、深層・安定に辿りつく過程。清算されていない状態を察してみれば、それは困難が付き纏ったに違いない。しかし、曲がりごとの行為は、曲がりごととしての決定の価値が生じているから、どちらかというと悪用に適う価値が生じる。ある領域の狭い思考と行為の決定は連鎖して、

次々に美しくないものを生んでいく。黴菌に次ぐ黴菌の増殖、その汚れ方一つとっても、全体の成り立ち・思想なるものの限界がどのようなものであるか、どれだけの広がりと影響を与えうるか慄然とするものの中での生なのである。

　それで、生理性における"恥概念"とは、人間の創作であると喝破したい。
　物理的生理活動に、恥など生じない。日本では、殊更、武士道概念にも規格したのであるから、人々の刻印が歴史的観念として強力であることは察することができる。
　事実、実相は正直に受け止めるのが、科学としての道理なのである。
　曲げることの解釈に、精神流通の正常化はあり得ないし、道理にも外れる根本の形成となるのだ。
〈恥〉とは、精神を通した行動において、如何なる選択、如何なる筋道の通り方を経て実現されているかによって明白となるのだ。
　精神と言う心を通した行動における選択から、起きてくることなのだ。
「恥ずかしい！」との言葉の意味は、だから、たった一つの状態をしか表現していないのである。精神の命令による自己承認にあって、曲がった行動にあるとき、生じる言葉なのだ。
　例えば、犯罪としての『覗き』を行えば、生理問題では「赤っ恥」との言いようが生じる場面もあるかもしれない。性行為そのものが、見られたことによって「赤っ恥」と言われかねないが、今様でこそ、慣れた習慣によって、当たり前となり抵抗は生まれない。
　抑圧と見慣れないの二重負荷にあれば、それが社会にとって重要な意味があるかのような主体性を占める位置が存在するのは、六道（無明）の世界観に溶け込んで『恥』なる真の

位置が沈んでいる状態が明かされる証拠となる。

　人間の心性に観念の精神物性として系統があるので、いつの間にか、存在して所在するべき観念の位置はずれて、この数世紀の価値の主体性は、資本主義の確定となったために、過去、定置していた精神的な観念は当然変質していく。人間と社会にとって、かなり重要位置を占めた形而上の価値観の変化は、存在する精神的な系統『恥』の存在の代りに、『恥』が喪失していけば、社会的におかしい、みっともない、かつ、厚かましい具体的な行動として、浮上し、常態化していくことになる。
　じりじりと慣性として浸透していく。

　相互扶助の安定を齎す『菩薩界』の主体性は資本主義では発生しない。
　無意識領域の覚醒か、沈没か。これも倣いで行われる。

　主義、思想とは、世界を変化させていく生き物だ。
　人間は、倣って生きていく動物である。

　精神行動に於ける『恥』概念が抜け落ちるからには、せいぜい、生理にしか『恥』の使い道はなくなる。生理に恥は生じない。
　不思議に誰一人として、そうは思わないようなのだが『心・精神』行為に『赤っ恥』は生じている。人間として最低行為だ。

　現状、ここにくると、厚かましさも、二度、三度の押しまくりの図々しさ、正常がどこかに吹き飛ぶ『恥』現出の時代となる。
　この事実に、人々は内心驚嘆しながら、他の一般常識への

影響の波及効果が、無意識的に目を覆う勢いにあって流されていく、あるいは本能として関知しながら従っていく。

　流れに巻き込まれる渦中者に、本質は視えない。総最多量に対して跳ね返す力は生じない。

　争いの原因は、嘘と真を引っくり返す、決して、平穏を齎さない現状領域としての土台の歪みからやってくるのである。

　もともと境界線が特に必要でもなかった、ぼんやりと慣らされていた浮層と深層は、この時代の資質の変動が明らかとなるに従い、深層は取り残され、平均がずれ、顕著な一方の姿を現すことになっていく。

　人々の意識に引っかからないで、すいすいと通過していくのも、慣性の倣いで、無意識が封殺して、誰も彼も、時代に倣えばよし！　として、生理には異様な関心を表し、肝心の精神の『恥』は意識に昇らず、精神性の『恥』の現実的な行動化の姿も見る事がないということが恒常化しようとしている。

　ここまで嘘と真の真相がひっくり返った歴史上にない常軌を逸した時代である。

《もののけ》が生じて、深層が闇から現れないと、人類はオランウータン化するところまできた。
　単純に言われる「恥ずかしい」の言葉は「間違いました」の意であるが、「恥」の言葉には、死に匹敵する侮蔑、そして、厳格であることの意志がある。

'12.12.18（火）14：30

長い、若い美の空白期間は、食い違って過ぎてしまった。
　長生きの時を生きなくてはならない。さあ、それをどう解釈するのか。
　日蓮大聖人の仏法が、全世界に【広宣流布】する【日蓮正宗】御書に有名な言葉がある。

「……妙法独りはむ（繁）昌せん時、万民一同に南無妙法蓮華経と唱え奉らば、吹く風枝をならさず、雨、壌（つちくれ）を砕かず、代は義農の世となりて今生には不祥の災難を払ひ長生の術を得、人法共に不老不死の理（ことわり）顕われん時を各々御覧ぜよ……」　〈如説修行抄〉

　この御書は、【世界広布】の重大なメッセージが籠められた重文である。こればかりは実行して、自身が息吹として獲得しなくてはならないもの。〈不老不死の理顕われん時を各々御覧ぜよ〉と、広大なる仏智を引き下げて解釈するようで申し訳ないが、一般的な生活の視野に当てて実感を得る所がある。

【四聖】〈声聞界〉〈縁覚界〉〈菩薩界〉〈仏界〉に伴って、
【四悪】〈地獄界〉
　　　　〈餓鬼界〉
　　　　〈畜生界〉
　　　　〈修羅界〉　が主体性として跋扈しかねない世界にあって、完璧なる理論と実証なる宗教が存在するのだとしたら、生の根源的不安から解放される生をと望むのは、人類の願いではないか。実際、根源的な筋の曲がり方は、人が生を受けると同時に背負う［恐ろしさ］でもあるのだから。

'12.12.18（火）22：40
　わたしはNZへの追加の手紙を書いたり、溜めたものの整

理をしていると、変な予兆がボコボコ出る。特に分厚い辞書を引くとき、よく出る。状況に見合った文字が飛び込んでくる。

　丁度、報道ステーションの画面、「復興を見つめて・母へ送った壁のメッセージ」。
「芯から強靭＜Globe」広告

'12.12.20（木）5：45
　事態を読めなくて、18日（火）から19日（水）にかけて、徹夜して録画や新聞の整理をした。その結果、そして朝刊は、理論なんか通用しないよ！　あはは！　のアホウドリとは言っていないが、会社発送の時のどこかにアホウドリは出ていたし、TVだったか、あはは！　と笑っているし、19日朝刊の下には「ボク（私）のせいかも……」。
　力学的にしょうがないことがある。とはいえ、徹夜明けとショックで寝こむ。
　今朝、この数日の情報に精通したからだ。
　午後に朝刊広げると、涙と花札？
　19日は全く落ち込んでしまった。
　表層社会から深層社会への、もし、転換ができるのなら、生じる亀裂、大穴に言いだしっぺは嵌ることになる。この差異についての表明の機会を（この項のライブ）プロジェクトは開いてくれた。
　ものが言いたくても、通じないとなったら、「隠語」は通じなくて当たり前で、仕掛けた訳でもない自然体でいた私の欲求は閉じられ、この断層に嵌ったまま悶死でもするしかない。その感謝は日記帳に述べた。
　私からすれば、理論と（事）と一致しない現今の思想のあり方、私の（事）の断層を引き出し、自己思想の現実的行動（私の述べることへの否定）を以て遮り、立ち塞がるのが、

庶民の力の代表となるのだ。この時、一般者の同じ視点を汲み出す先頭者として、同一作用をするから、多数対一の違和者として社会と対峙する。
　その具体性の危機が生じると、メディアは"いじめ問題"を提示する。

　その時、一般の力は　聞き慣れない性情報から始まる、悪口を言い触らすリーダーに一体化する。
　唯一、開かれているこの項のライブが、どれ位、外部と繋がっているのか。

　そういう社会が生じていることを、世間一般は、わたしがおかしいことをしているのだから、どこかと一緒になっている訳でなく、我々もおかしいと思っていますよと答えるだろうか。

　では、別のどこかで、私の問題のそもそもの出発点から始まっている異常事態への区分、明確な意志は生じているのか。

「理論など、御用はありませんか？」正直、正確であることの方が強い！
　私は性情報と次元説明はぴったりの構図を以て利用ができると考えた。

　私は何時の頃に、それに気が付いたのか。無意識領域から浮上してきたのは、'11年の暮れ辺りから起こり始めた第一の性情報から、獲得されてきた。一般的次元性の乖離に理解を及ぼしうるのが性の抑圧問題。性情報は、表層〈恥〉の問題を孕んで、他人が絡まない関係性、誰にも共通して、自由に本音で反応してこられる分野なのだ。
　隠語問答が始まって数年後、怖いもの知らずで呑気だった

私は、もっと単純な動機で新聞社に送った論文（十界論が面白かった！）だったのに、なにか想像を超えた大きな力が働きだしていることに気が付いて、愕然とし、子供の運動会の写真では、青ざめ、縮んだ様子でいる。当時、驚愕の面持ち、世界の秘宝への畏怖、畏れ多くもそれに関わる敬虔なる真意、厳護の意志、忠誠心は？　ということが大事だった。

　私だって、腹を決めなくてはならない。
　何がきたっていいよ。
───'12年12月5日朝刊に「芯から強靭」のＩＰ広告を見出した。
　次元性に関わるのだったら、行き着いた真理の世界の中で、どの問題でも静かに輝いているようなものだった。何も心乱されるものはないのである。
　心を乱されているのが、私の送付を受けた他者である、という点が問題なのであった。

　それこそ、次元の相違を表す、浮上してくる如実な事実だった。
　限定する社会認識の中で、人は見慣れない、しかも人々に遺棄される、人体の排出現象に匹敵する未開の情報なのである。例えば、私への表層次元での一般的解釈が顕わになった20日のコメント、プロジェクトの豹変の日では、「うんちは誰がした？」と、「だから結婚は諦めなさい」との情報が入った。
　一般の情報にはないそれは、非難に値する他者の姿でしかなかった。
　自分の姿でしょう！
　こちらの言い分からすれば、他人の家のトイレに勝手に入り込んでカメラを据え、「うんちはするな」と、勝手に開示した情報を日本の人々に罵られているようなものなのだ。

じゃあ、あんたは！　しないの？
　ここには、性を通常の扱いではない異様なものと、横道に逸らせ、心に押し込んだ鬱屈のエネルギーと、日本は日本の武士道から発する思想的抑圧が、肝心の他の武士道の要素が消失しても、二重の否定要素が働くのだ。
【ならぬものはならぬのです】
　そこには、表層という社会性があって、目覚めている自己が存在して、物事を見たり批判したりしている。深層の自己は深く埋没して、自己も人間として他者と同じ行動形態を以て生活している、しかも、自己の行動は、咄嗟には認識されない。比較の余地も生じてこない。その点、理論と行動が一致して思考回路が生じる習慣にある人は、自分がしていることに匹敵しているではないかと、本質に辿りつくから騒いだりしない。見慣れたことがなかった印象が深くて、それにのみ心は捉われて一杯の人は永遠に、他者と同じ自己機能と自己行動にあることなど意識に昇ることはないのかもしれない。

　12月19日の夕刊には、14日から15日に掛けて冊子送付の最終着となった、総合反応としての結果、競売物件の二段広告が載っていた。

　二つの表層と深層を抱えたまま眠り込んで、上辺の齟齬社会を夢遊病者のように生きて深層の自己開発はしないまま死んでしまう。
　それが歴史だった。
　二つの領域の具体性、
上辺　　　　　表層一般と解釈される見慣れた風景、限定にある次元性

深層　　　　　もっと鮮明で彩り豊かな意識の発露、細かい針目を糸が掬うように、事象のあらゆる関係性を緻密に繋いで

いくと、ものの解釈は、見慣れたものとは違った形相と結果を齎すというのが、哲学の世界観で、観念の姿ではなく、見慣れない、姿を変えた行動が現じられるとなるのだ。それの発動は日常的な感情、感覚も見慣れた体感から、逆転を見出す変化を生み、尚よりよい持久性、可能性を見出せる限定にはない次元性となる。

　原点は、一切の観念は捨て去って、形は異なっても、〈自己が知る自己情報と全く同じ行動がそこにある〉との解釈に至るか、どうかなのである。
　そう考えられたら、深層次元に降り立って、表層での自己の姿を省みることが出来るのだ。日常生活でのソクラテスの洞窟解釈だ。
　人と社会としての能力全開のためには、閉ざされている深層の意識化をしなければならない。哲学的な膨大な人文科学の緻密な関係性が埋没している。
　その為に、（理）の熟練に長じなくてはならない。

　手っ取り早い方法は、哲学の日常性、欧米文学の古典を多く読んでいただくことだ。
　一般的には暴露された自己の私生活に恥じ入って、悶死となるべきを、先ず、何を叫ぼうが、真っ先に興味を持たれる性情報を、日本の代表的な優良会社に勇んで送付している人はこの世に存在するだろうか。名前だけでも聳え立つ企業などには、思わず躊躇の手元となりそうだった。しかし、押し返す。
　人間頭脳を開示した社会にしなくてはならない、頭脳内部の次元性の停滞、具体的、明確さが掘り出せない。思考構築の習慣がなし、重要問題が幕に覆われている。倣い、慣性の回転力。
　ただ、性問題に関しては、火焔の勢い。

ここで、'12年12月20日（木）21：20　夕刊を見ると、半ページに広がった競売物件の広告を見ることになる。

　　　　　　　　　　――――――（9）恥概念

***** '12. 12.20（木）

(10) もう一つの【恥概念】

　一般的にも〈恥ずかしい〉という言葉はよく使われる。〈恥〉には精神の有り方の骨格的な内容を占める、——筋道を曲げてはならない——事象の道理と行動に関与する中心領域的な位置がある。
　この点が、武士道の存在する最大の価値を生ぜしめていた。
　このことの難しさが貫き通されたのは、トップがそれを行ったからで、裾広がりに波及する。その経過実現にあった日本から、折れない父性の厳格さと温もりと安心を感じ取る。
〈恥〉が生じるのは、その道理と行動に欠落がある時だ。
　欠落かどうかを知るためにも、現在は、道理、理念には精通していなければならない。

　昔、武士道の時代、不思議なのが（理）は生じていないのに、翻訳すれば正確で必要不可欠な（理）の実行のみが決行されていた。
　事・行動のみに——筋道が通っていた——のだ。
　釈尊の時代は、（理）が発達していなくても、行動に筋が通っていた。
　末法は反対となる。仏教上では、生まれる人の内容とその時代性を予告する。

〈恥〉の発生は、精神行動の——筋道を曲げた——時となる。

　現状は　厳格な——筋道——概念はあまり視野になく、目先の状況の損得が判断の基準になって、〈恥〉感覚が発生しない。

【つまり、恥時代となった】

　損得勘定に、精神性の恥はなくてもよいのだ。恥がなくなる社会の延長がどういうものになっていくのか、想像がつくだろうか。その時が来てしまったらお終い。「いや、すでに真逆の時代！」

　人間は、立場によっては家畜になりかねない。社会的、国家的な骨格としての筋道の通り方〈恥〉解釈が廃れている中で、小さな視野に収まっていた恥の概念は、突如、現れた"性情報"に蘇った。

　昔の抑圧的な伝統解釈に閉じ込められていた性情報の分類は、恥概念には領域として取り出される段階性がある、ということに気づくが、曖昧模糊として分類されたことはなく、一緒くたに放り出されていたと言うべきである。

１．国家として精神性骨格の〈恥〉成立の意味。
　末広がりに、個人の生き方等に波及する。
２．国家とは言わず、社会的な領域で、起きる段階の恥。
　恥とは、心の物性として存在するべき要素が欠落したとき、発生する。

　雲をも掴むような要素の物性の存在の有無とその働き方。
　犯罪、道徳観念の低下（家族制度の分断に依って自由を履き違えた人間の関係の喪失）平等とは対等？　ここで礼儀の心の働きは陥没する。付帯した柔らかい心の働きという帯状領域が失われる。

　人間が生きていく上で心の作用を喪失していく損失は次世代にも影響を及ぼす。

　人間の心にあって、[恥]は、《人倫の秩序》情緒、叙情性という領域に繋がって連動する。

　この伝統秩序の喪失は、〈恥〉に該当すると考える。
　不倫も入るが、一般的な性問題を含んで先鋭的進化、グローバル観点にあって複雑多岐な価値を生じている面もあり、

〈恥〉と捉えにくくなっている。

　半世紀前の不倫は、〈恥〉解釈の権化のように扱われたが、東京オリンピック以降の日本は活況を呈する資本主義国家への移行と共に、精神力とともに衝撃的に崩れていったものがあった。

　どういう事情であったかは、多少必要な理由を明かすことになるが、私も結果として、婚外子を持つことになって、〈恥〉の概念に入ると思う。私の場合、仕事の同志から始まり、執拗な会社再建に関わらされて、尽力した結果、知人への借金返済の荷を負うことになり二児を得た。その借金返済の経過なしにあり得ない展開だった。知り合った当時、独身者だった。相手から迷惑は掛けられたが、相手への迷惑は掛けていない。変な話、戻らない自己資金の代わりに、思いもかけないギリギリの限界で子供を得たのは奇跡のようだった。

　不思議な内容も含んでいた。

　それでも桐島洋子さんのような足跡がなかったら、もっと大変な子育てになっていたと思う。いじめで、子供は殺されてしまうと感じたので、インターナショナル・スクールへ転校させた経緯がある。

　その時の感覚、以後の感覚で、もっと、無意識領域の開示をと切実に思う。

　これは2．の領域に入る〈恥〉の種類だ。

　何でも細部は太い領域に繋がって、纏まり、正確に調応している。今はシングルマザーと概念が変化している。〈恥〉感覚は消滅しているようである。

　ものすごい地力で、目の前の概念が変化した歴史を目撃。

3．自己存在の全く無状態の幼児は、「恥ずかしがる」本能的行動を取る。人間に備わるこの行動は何か。

　人間は本来、純朴と自己無を図る謙虚さの所在を明かす証明行動をする、と捉えられるが、幼児期に見られる特徴のみ

ではない、純粋な内面は人によって維持されつづける。世事に染まる、染まらない内奥の細部がある。ここには能動的などぎつい恥発動の刻印ではない、受動性にある謙虚でしとやかな〈恥〉感覚が生じている。

人前に立つ、恥ずかしさというのも白紙ならではの受動態の姿であり、「恥ずかしい」の言葉には、誤りの訂正、白紙と純朴と謙虚の出発点に一刻も早く戻ろうとする意思表明にあるものだ。

厚顔無恥という言葉の領域は、この基礎領域を維持しない幾層も上塗りする社会性行為に依って、消失はしないが、容易には取り戻せない地として埋没させてしまう。この幾層も上塗りする堆積物は、性情報による自身の位置の衝撃認識によって、少しは揺らぐことがあるだろうか。鬱屈の爆発は、邪魔物の取り払いでもある。

その物質性（白紙・純朴・謙虚さ等の性質）は個の所有物として社会から隔離されて、社会性の土台関与に預からない。ここで深層領域のそれらの物質性の存在とその位置との関係が明らかとなる。（表層次元の）（事）を理論化しようとしても（理）の発生と完結の因果を結ぶことが出来ないから、不足物性は深層領域に備わって個の内面奥深くに仕舞われていることが判る。この個人的内奥に取り残された領域が、主体性として社会化されたことがないのである。このことの領域物性を主体性として社会に取り出す事が"優雅"なるものの形而上を生じさせる。

本音とも呼ばれる世界観の構築、あるいは存在するものの隠匿。

4．とはしない、そして通常なら生じえない生理に関する情報公開に関して、〈恥〉など何も生じない。

生理的なものへの「恥ずかしい」という気持は、幼児の抱く純朴であることの上に、隠蔽に付されている排出や生理性の秘密への躊躇が凝縮されるが、四股を踏んで土性骨を据えて、「終わったね！」「随分平気してるね！」と言われようが、単なるプライバシーの表出ではないのである。
　ある組織との国に関する死闘とも言うべき関係から生じてきた事態なら、「あっかんべ～」と入り混じる残酷性も引き受けよう。人間自体が引き受けている共通の真相を明かしたところで、私の人間としての深層に、陰りも影も落とさない。

　大体、表層の関係性、社会性に無縁で生きてきた、損得に頓着しない家系性といった傾向がある（父親の生き方）。筋が曲がるか、曲がらないかの瀬戸際で発生する損得で、そろばん勘定は働かない。

　こういうことの置かれた環境の設定というものが、既にものを言う前（生以前）の設定、それは過去からの因果の法則による選択の決定といった宿命的なものに誘導されていて、その位置に存在する。次元性の選択を表現しているのではないかと思われる。主体性や環境の位置、一念三千世界十界互具論の各位置は、実に緻密で、詳細に入り組んだ過去世の因縁を以て決定されてきているものではないかと思う。変転する時間の中で、主体性の位置を足場に、中国の占星術などから人心の流れを学ぶのは、人類には「体感容積の質とその波」の知りうる限りの共通項が存在して、各人、その掴み取ったものを生の充足、あるいは不足としている、と思われる。背後に控える運命的な環境とは、各人しか味わうことができないものであるだろう。
　ここにも「依正不二」（環境と自己との一致）が生じていたとしても、それは自己が編み出し、選択している因果の法則の筈である。

人類の共通項は、誰も逃れることなく身体体験として身体を梳いていくものであるから、他との違いを知るのは何かとなると、十界論の主体性の位置所在ということになるのだろうか。
　この認識自体が未曾有のものであるだろうし、一般的通念としての認識ができることが第一ではないかと思われる。

　40代に入って、武士の家系と従兄が知らせてきた。
　父の年少時は明治維新の変動で武士社会は没落した。
　その為、三女だった父の母、祖母は、武士の没落後の結婚で、苦労したようである。二人の姉の嫁ぎ先は、財閥、官僚の高官。
　青年時は太平洋戦争で大阪の家は消失する混乱続き。

　ここでこの原稿の締め切り直前、ソチオリンピックの最中、山崎豊子氏の著書は、「戦争を知らない世代への遺言」とＴＶが伝える。
　先日のＴＶドラマ『ごちそうさん』放映では、戦火の場面があり、昭和18年に食糧の配給が始まったと言っている。

　父はアジアの戦地に赴いて苦労はあっただろうが、比較的に難は少なく、帰還している。父と母のそれぞれの弟は不明の死、あるいは列車爆破の戦死。私の体験には、広い道と街路樹の根元、二本の黒い電柱等、惨禍の断片はあるが、母からの口伝が強烈に根付いている。
　大阪の中心近くにいたので、大空襲に遭って妹、祖母、きっと母に手を引かれた私の4人は、四方とも火焔渦巻く灼熱地獄の壁に囲まれてしまったという。目の前に唇が腫れ上がり、「助けてくれ～」と身体を炎に包まれた男がもがいていたのも見た。おぶさっていた妹のねんねこは、火の粉でブ

ツブツと穴が開き、多分、一触即発の状態であっただろうと思われる。「もうだめだ！」と思ったその時、ご近所の女の人の声。「〜〜さ〜ん！　こっちよ〜」声に導かれて脱出したという。たった一回掛けた戦争保険のお金が下りて、母の実家の東京に帰ることができた。それがなかったら、どうなっていたかわからない。当時、数寄屋橋にあったＡ新聞社に、着の身着のまま駆け込んだ。

　親戚がいた。今日のご縁とは関係はない。

　さて、拘り、執着、いたぶる他人の心情が生じていたとしても、それは社会性として正しい位置にいるのではない、不足物性による歪（いびつ）さの社会性は、病理として摘出しなくてはならない要素も孕む。表層領域の典型、組織が引き出す他人の卑しい心中に無縁である。この性情報は引き出されなくてはならない必要にあって現わされたのだ。

　このことは時間が経ってから、発生しなければならない〈もののけ現象〉として、逆に評価されると思う。現状、（理）と（事）の一致の生じ得ない、こんがらがった理解不能者に理解を求めることを望んだりしていない。次元の断崖の切り込みと世界観の変容の存在は伝えておかなければならないという気持ちだった。
　関係性において、歪んだものの心情には尚更興味は起こらないから、卑しい心情に思い至ることもあり得ない。
　私の赤情報は哲学が生じない世界観からすれば２、段階の恥の成り立ちとなるだろうが、表層社会の限界を生きる範囲での解釈、思想としての理由が存在する。だから赤表示の羅列は言うまでもない成り行きである。哲学的世界観からすれば、その穢い塊的化学物性を心から清算して早く捨ててしまえとなるが、領域不足にはなかなかできない。領域的に自己

内部が繰り出した知らずにいたごみ堆積を処置する場が生じない、思考の回路の限界、どこにも繋がらない捌け口、粒子として這い出る隙間的通路が生じない、思わず私はよく口にしてしまう孤島としての密閉性を、穢いイメージの爆発で償う。量的渦中の存在性は、その自らが埋没する渦中の表現をするしかない。それは自己の限界性に閉じ込められた姿。外部に向かうエネルギッシュな開拓心、荒い進捗性等の勢いを持たない日本のイメージは、内省、温和、鄙びた固陋さに執着しがちだ。

　いくら堕ちたとしても、武士道の格から導かれる物性の飛沫が生じていて紛れもない文化として溶け込んだこの国の空気に、「外性器」情報は似つかわしくないし、この国の廃れかかっているといえ矜持からすれば、わが身と一体とする深層の所在にあるものと言われても、永遠に関与しないで済ましている国民性にあったことだろう。それでは敗者となるだけ。

　'12年夏ごろから、突如、見たことのない週刊誌　記事広告に、ぎょっとした人も多かったと思う。

　あらゆるものを呑み込む貪欲さにあるのも哲学の世界であるから、外国の組織が発想した"異物"を放り込まれた日本人は、自分のことだ！　と嚥下してしまいなさい、いくら抵抗を試みようが、それは自己自身だ！　の真相を覆す法を誰も持たない。

　共に鎮座する国家についての密やかに進行する重要な危機情報に第一次反応はしていない、日本の重鎮にいる人々の反応なのである。

　これで人間が抱える差異が明瞭となる。

　（理）と（事）を言う私に与えられた、（理）より先の面白い（事）の発現。

　（理）と（事）に関わる具体性は重要なテーマなのだ。

人文社会上、性は人間の根源と深い関係にあり、そこを人間と社会の機動の源としていながら、最も遺棄され、瞬時に、あまり有り難くない議題。性問題を扱うのは、厭われる、課せられた、人の生に避けられない、汚濁から明晰さへの転換を迫られる精神性の移動を内容とした。

　片一方の不公平な制限を設けて、維持する所の精神世界が執着して得ている何物があると言うのだろうか。誰も説得ある言質は持たない。ただ、不快で曖昧な精神位置があるのみ。「ならぬものはならぬ」等と言っているから、外国人支配の国となる。

　他人の生理情報を公開する人間の所業がどぎつい〈恥〉行為に当たるのであって、見たことがない場面であっても、自分の生理現象も他人の生理現象も通常は忘却の彼方に、人々の社会的観念の、堆積の意志確定の場が与えられて、葬り去られているが、盗撮技術との戦争の道具が手に入れば、生理情報は、面白がる人がいる限り採用されることになるかもしれない。

　他人の生理現象を公開する能動的などぎつい行為をする人間はいるからである。

　性行動を対象として、他人の姿に重なる自己の姿は存在しない過程の上で、それが受動態か能動態かと結論付ける事態そのものが、情報公開をする能動的などぎつい行為に同化した同じ種類の人間として自己の姿を晒している。

　それの利用が深層心理懐柔に長けた戦術でもある。

　性及び生理排泄作用は、身体性の自然な発露、受動態の機能として行われているもので、能動態の意志を持った機能として行われるものではない。反して、能動態として意識された、あるいは無意識の観念、創られた観念を押し付けてくる方が、自然体を踏み躙って土足で入り込む愚劣を行っている。

　だから能動態として行為を策動する力と同一位置にいて、

先ず、無意識の同根がある。

●●● '12.12.22（水）　5：35
4．生としての恥
『国家の品格』の藤原氏のことは知っていたが、同等の思想テーマであるだろう
「卑怯を映す鏡」の題名をみて、わたしは一人浮き上がって、異分子でしかないのだ、という個人的孤立の覚悟で長い期間生きていたから、プロジェクトという安心の土台にはいるが、個人は埋没している組織だから、奇異と思えるほど、衝撃というほど個として存在する純粋さ、人を見出した感動に打たれたのだった。それは久々に味わった潤沢な感覚、自己細部の伝播と放出と他者との思想的共有という安心に出会ったのだ。環境は恐ろしいほど精神界は枯渇していて、私がいなかったら、砂漠化に埋没していくだけだ、と譲らない一念にいた。

　潤沢さには巡り合ったことにない、反って迫害の危機に晒される環境が解せない、一般性の土台が大いなる変質にあって、組織細菌の蔓延で、通常であるはずの土壌が逆転しているこの生活の細部の実感と恐ろしさは、密生の細部侵食に満ちる、個人やこの国の窒息を示唆する数々の現象ではないのか。

　味方としてのたった一人の人間を見出すことが出来なかった24年、こちらも呑気にかわして生きていたが、外部は刻々と投げ出しと侵食の気風に満ちていた。人間は縮んで、隠れてしまっていた。

　ここには意識されない"恥"が発生している。

　1．に対応せざるを得ない相対性の一端を担う国民側の意識の有り方である。国民の意志という力は働かない。

　精神が傾倒して、思想に損得が取って代わる危機が生じていた。

'12年度は、その絶体絶命の最高潮の時を迎えた。
　渦中というのは、その勢いを以てでしか、視野の限りに及ばないのか。日本人は、どうしてしまったのか。何を言っても唯々諾々の国民は、何かに括られている動物態として諦念の観念しか持っていないことに、改めて驚愕した。
　この日本国土の奥深い精神の世界に野放図のままでいる日本。
　その健全さの精神は完全荒廃と化しているのが見えないでいるのか。再度、日本の武士道の歴史を持つ、日本の独自性の開発を考えて行くのが、武士道の背景にある世界宗教を戴く日本の務めであることを認識していただきたい。
————ある雑誌からのヒントを頂く。

●●●'12.12.21（金）12：00

　最大の目標はね、……課題（次元による新世界構築）

20：18　新聞の整理をしていると、24.11.17朝刊／『卑怯を映す鏡』〇〇社の広告『国家の品格』の藤原正彦氏だ。一瞬、不思議な違和を感じたのは何故か。
　このような意志がこの日本にあった？
　この分野に関わる情報の如何に少ないことか。

●●●'12.12.23（日）7：45
ここの所、上記「恥概念」補足入力をしました。
14：00　隠されていた生理現象を〈恥〉としたり、損得にかまけて精神の骨格を無くした〈恥〉があり、各、守りたいものがある。

24年間の、誰も行おうとしなかった努力は、骨太い骨格と精神力なしに行うことは不可能だった。

　一転、赤情報に関しては大いなる意思表示。
　つまり、その境界線はどうなっているのか。

////////////////////////

────────（10）もう一つの【恥概念】

***** '12. 12.24（月）

（11）日本の宗教

20：15　●仏教／／／／

　昨日の8時頃の番組の合間に『タイタニック』が出たし、今日のＴＶの画面に警戒を呼ぶような赤や濃い紅色のドレスや結婚指輪の手や「私の意志」に対して嫌がらせと見える波が押し寄せる。車の僅かな道中、赤、赤、赤の車、衣服が連なる。一台黄色の車がすれ違った。今日の書き込みへの反発か、何か知らないが、事は、12月19日（水）「がんこちゃんのうんち」、整理も終わっていなかったから不明でいたが、聞き捨てならないではないか！　朝刊下欄は「ぼくのせいかも……」。

　それで夕べは皆の黄色い衣装や、今も女子アナの黄色でありながら、事態は違う方向に持って行きたい。組織承認で、18日の「骨格」書き込みに黄色の振りして、実は意味としては取り上げない矛盾行動をしている。

　12月23日「意地」という1頁の広告がでた。
　〈思想と事〉と日本の沈没はあり得ない。
　紫の花が出るときは、背後に何らかの動きが。12月6日頃だ。そういう時、大体、大風が唸って吹く。
　23年ほど前の初期は、もっと色々な事が起きて大変だった。
　12月4日、理論成立とならない皆にとって、自然体に放置すれば組織に戻る彼の手を放す動きになってきたのだ。

　スーダラ節が頭に鳴る。
　歴史的に意味解釈に不問、タブーのこの厄介な禁則らしい事態は理と事の一致にない解釈の一致が生じるのでもない。

かなり重要な意味にあるが、せいぜいみっともないで、「負けっぷり」を認めよ！　との決定らしいのである。

●●●'12.12.25（火）5：26
　芯から強靭の　骨格は

　　　／あやふやな性概念　　　ならぬものは
　　　　　　　　　　　　　　　　　ならぬのです＼
　　　　　　　　　　　　　　　対
　　　＼日本の武士骨格　　　曲げぬものは曲げぬのです／

　　この思想、観念は　〈宗教〉　思想を起因とした違いだ。
／／／／／／／／／／／／／／／／／／／／／／／／／／／／

23：00　宗教における思想と行動
　──　　私とプロジェクトの24年の繋がり、'12年12月11日（火）トップ／敦賀原発廃炉の公算と大きい活字。3千社以上の全国会社送付の反響が、きっと火の車で、競売広告等、性情報から導かれた結論のようだった。ここでの国民的土壌は、国家の危機より生理情報に反応していることを窺わせる。『純と愛』のその週の題名は「やめないで」、ＴＶ、他「東電は受け入れられるか」最終回の『Doctor-X』・黒い女医信用ゼロ、誰かさんが「覚悟を決めた」？　組織奨励に見える。

　プロジェクトの撤退は、レンジが壊れたことを暗示したようである。

　そして、12月14日（金）灯台回復
：：：
　相手とは、環境的に日本に生きている日本人だった。

私みたいに自己確立が終了している西欧観とは違った。
教育として、導入されていないのだから無理はない。
その時、判らない。
私はなに⁉
生理問題で目くじら立てられているが、武士の精神力にあっては、唯一の日本一。

　思想の総合量不足、宗教が原因の腰砕け現象
●●●●●
　心に無意識に浸透している「南無阿弥陀仏」を捨て、各自が「南無妙法蓮華経」を口に実行する。
　私みたいに、一人から立ち上がれるのだ。
　日本の長を補佐する堅固な国民として各自、力を蓄える"題目"を唱えて備えてほしい。本当に国民の一人ひとりの自覚が必要である。そういう時が迫っていると感じる。
12月25日（火）
　鎌倉仏教の年次的発生の順序による形骸化した「南無阿弥陀仏」が原因で、真言宗・禅宗・浄土宗等が実働の生の健全なる実績なく、仏教の僭称の継承にあっては、健全な日本の建設は適わない。
　宗教思想には【帰命】との、侮りがたい、恐ろしい内容を伴った言葉があるが、思想宗教者の領域を奉る上で、受け取るものは、命、親族、財産、思想等の生にとって重要な全てを"等価"とされてしまう力があるということなのだ。思想、領域限界性に命がそっくり反応するということだ。例えば100ある領域、目に見えず、数量として数えることも出来ない宇宙原理の全てがあるとしても、僭称宗教者が30のものしか持たなければ、それの同等をしか引き継げないのが、深層心理の膨大な闇にある盲目の人間の運命なのだ。
　十界論のどの領域に主体性があるかの方が明確だ。

太陽と宿星の明かりの比較にも当たらない。

僭称の個人の自我で齎されるのは、精神内容の狭量さであるから。

宗教には、対象への全面依存の力が生じ、自己の全てを捧げる故に、対象の持つべき同等の力が還ってくるという意味が生じていることのようである。

宇宙原理の人文が辿る筋道という条理が存在する。眼には映らない深層領域の条理の存在は、フロイトが切り開いたまだほんの僅かな領域だ。見えていないからといって無ではない。知られていない、認識にない世界が渦巻く。この宗教問題で最も顕著に表出する事例である。性の抑圧問題も含む精神世界の痕跡。一般化されない闇領域。

しかし、現実的生活の現象を細かく観察すれば、宗教の表す生活上の証拠は数々表出している。

例えば、蹂躙されて反発の力がないのは、現行宗教にそれを跳ね返す力がなく、この宗教の害毒が浸透しているからとの日蓮仏法の指摘である。真言宗の亡国論は有名である。正にその通りではないか。

全て、思想の構成から成立つ。理論なしの真言宗他には、慣性しか通用していないということなのだ。道理が成立しない対象への慣例と無意識の依存である。その結果は怖ろしいものである。

日本国として、地力に匹敵する定着、その及ぼす影響から見ても誤った宗教として、最大日本の思想の根底的働きをしていることが判る。

きっと、彼の家も、プロジェクトの人々、政治家の面々に、「南無阿弥陀仏」は全面的に関わっていなかったか。その実証が表れていたのではなかったか。

「南無阿弥陀仏」の精神基盤が、空虚な教えであることを実行動に、眼に見えずして波及していることの証明になるのである。教義的にも、宗派発生の端緒からしても、人文科学と

しての仏教理論の基礎が構成されていないのだ。

　日蓮正宗と南無阿弥陀仏の、その違いは何か。

　仏教の始祖は釈尊である。その釈尊の教えの［初期］に、今、日蓮正宗が継承する理論構成は生じていないのである。釈尊一代五十年の［最後］の教えに、肝心の【迹門の法華経】を現じている。
　それを継承する末法は、日蓮大聖人の【本門の法華経】となる。

　日本ならず、後の求道者が釈尊の説いた一代五十年【五時八経】の教えのどこに出会って、自己宗教としたか、との問題が浮上する。

　三千年を通じて、釈迦─天台─日蓮は、一本の繋がれた法華経の本流にある。
　日蓮が、鎌倉時代から［南無妙法蓮華経］のみとして、他宗を厳しく邪義として打ち砕くのはこの為である。

　中国の天台大師は〈理の一念三千世界・十界論〉を見事に集約して、宇宙の人文条理を纏めて明らかにする。
　これは釈迦に付随する系統を表すものである。
　そして、末法にこそ、〈事の一念三千世界〉を証明する日蓮が現れるのである。
　〈理論〉と一致する〈事象〉の完了〈仏界〉を証明するのである。
　このことは、〈理論〉を持たなかったのに、〈事象〉の完了とした〈武士道〉発現と重複する要素と考えられてくる。
　日本の背景には、日蓮仏法の発現に関与する事態が、歴史として、すでに証明されたと考えてしまう。最も困難な「筋

道を通す」道理の実行が似通っている不思議。

　仏教教義とは宇宙条理にあって、個人がそれに関わることは不可能であり、本流以外の、釈尊の教えを引いた自己解釈の亜流は、仏教と称することは出来ないのだ。

　本物は［理と事］の理論継承の流れにあった。それで、始祖釈迦に発動されたそこから触発され、自己研究が始まった、個人思想の発生をだれが止めることが出来るだろうか。

　中国に渡った日本の求道者が、釈尊に出会って、部分から引き出した自己の悟りだ。

　武士道と互角の骨格は生じたか。時間的に先に広まり、日本の地力となったのだから。

　骨格が生じていたら、今日の腰砕けと日本の危機はなかっただろう。

　人々が何に出会うか、そこにあるのは自然界の約束事。そして、釈尊から二千年に至らぬ前の時点で、日本の日蓮は、釈尊の「大集経」の予告にある。

「我が滅度の後（千年）・後（千年）の五百歳に広宣流布」すると出現している。

　釈尊の教えは「白法隠没」して、末法の御本仏として、弥勒菩薩の瑜伽論「東方に小国有り其の中に唯大乗の種姓のみあり」とする。

　感動的な予告宣言である。

　釈迦から発する一本の流れとして、自然界の秩序として出現している。釈尊を始まりとして、正法・像法・末法をつなぐ釈尊――天台――日蓮の流れは、壮大なスケールと時の一致を以て仏教なる真実を示唆しているのである。

　その宇宙的、歴史的、本然的背景と経緯を踏まえて、周到、完璧な仏教は得られなくてはならないものとして存在するのである。

'12.12.26
あなたの意志一つで変えられることがある。
15：55　●新指導者が育ってきたように、現在のあなたが次世代の未来を作っていく、という時代にあなたも既にいるのです。

16：10　ありがとう。通じている。
20：03　●物凄い妨害　今、夕刊広げたら"幕"だって！

　冊子発行で時間ばかり。
　これはライブの読み物的要素で書いている書き流し（後に追加）。
　文の纏まりは、また別。日本人にとって、深層世界、ヨーロッパは未開発、それも部分部分の開発だから、ヨーロッパすら人文未開状態である。
　新聞をよく見たら「偽作家のプライド」欧州絵画「男は何をしている」。電話があって、一時間後、縁はブツリと断ち切られた。

　夕刊で、新聞とアメリカはガラスにひびが入ったと言っている。
　確かに、レンジは壊れました。
　骨を失くした、と言っている。

●●●'12.12.27（木）　夕刊の半ページ　競売物件！

'12.12.28（金）　曇天
【写体と被写体の関係】
　昔、風景、人物、あらゆるものの動体としての時の刻印を

打つ、瞬間的な経緯と次なる変化への足がかり、詳細な相貌を人は目にすることはなかった。現実的相貌を紙面に残留させることが敵うというメカニズム。空間から掬いだして形象化する過程の物流。それは目にも留まらぬ一瞬の業の凝縮。付与する力と駆動する力の結び合い。過ぎていく現実を留める、その移り行く変化を我々は眼にはしていても、詳細が認識されているのでもなく、事象認識の証拠を記憶として留めることは出来にくい。感覚的には捉えていても、深層認識の事象として受容体の本質としては捉えておらず、垣間見る実相の認識の過程段階なのである。

　意識を揺さぶり、促すものとしてカメラ構造はアートとなるのだった。真相を掴みだす道具として目を見開かれる力がある。人間の意識という闇に鮮やかに鋭いメス。カメラに垣間見る隠れた深層を見るだけでいいのか。その見ていない真相というものの世界観は、カメラという瞬時以外に広大なものとしても空間領域に秘められている可能性がある。

　せめてそう認識が敵う経過が生じたことが取りあえずの収穫としなければならない一歩なのである。

　詳細であることの証拠として捉えにくい、人間側の受容体は日常的に研ぎ澄まされた先鋭でもなく、本来、外部物性と同一体である筈の眼力は鈍い光を放って曇りが磨きとられる時を待っている。曇り方には、粗い粒子の分解の手がかりは日常性の切っ掛けから解いていかれるものもあるが、洞察と想像力で迫る。そして、日常性の関係は正確に質されるべきであるが、視ていない関係性の闇、暗闇は、切り開いて認識の意識に昇るかどうかの問題として、この空間的位置に潜んで姿を隠している。

　被写体は茫漠として荒野に据え置かれている。写体はどこまで詳細に迫ることができるか。

　カメラの人工性の闇を解く構造体を以て、人間と社会の写体と被写体の関係性を掘り起こすから感動が生じる。

宇宙的規模の容積と関係性にぽつんと置かれている被写体。その集合体は、先に、豊麗で、ホップにジャンプ、軽快で、楽しいものが対象としてあるべきものであるはずが、叩かれ続けてきた私には、その存在は醜く歪んで、縮こまり、自縛性の中に蹲っているように見える。

　末法は理論の（事）の確定の時代。

　既に、大方の理論概要は、この夏提出ずみ。あと仕上げ。

●●●'12.12.29　（土）
4：50
【理論】と【事象】の一致と発現が日本の思想
　昔の武士道は　理論なく、事象（骨格）が先行した。
5：30
　母方の父親は、晩年宗教家になり、人に尽くした人でした。
　冨士大石寺「日蓮正宗」ではなく、富士身延山「日蓮宗」でしたが、親戚中「南無妙法蓮華経」は力がある、との口伝えにあります。
　釈迦仏法の正統の内の正統、末法の日蓮仏法【冨士大石寺のみに継承】に出会うことは、「……受け難き人界の生をうけ値い難き如来の聖教に値い奉れり一眼の亀の浮木の穴にあえるがごとし・・・／聖愚問答抄上」とあります。
　この古典書はなかなか面白いのです。
　日本と世界を救う「釈迦の意志と遺言」でもあります。

21：55　すごいぞ　折り紙　／　というのがあった。意味は？
　本当はここのところの動きに矛盾があって、何がなんだか判らない。

●●●'12.12.30（日）

何でも自然体ということがある。

　青年期を脱した自分の30代を振り返ると、人生の幕が開かない未確定な揺籃にいた。徹底した《懐疑の精神》にあったから、グズだった。だから、グズには同感。《懐疑の精神》は選良を養う。

18：50
朝刊　今見ました。「多様性の中の和合」

　私の問題点はいずれ（事）と（理）の一致として日本の思想となります。世界に向けてちょっと時間がかかります。
　その活動をしていかれるか、どうかということにも繋がります。
　あなたはみんなの期待に応えてくれた。
　本当に感謝します。

●●●'13.1.15（火）
機体が崩れた上の隠語は、ストレスでからだに変調を来す。

　歪んで、正しくないこの国はきれいになるのか、
「多様性の中の和合」とは、「事」のメリハリの決着に欠け、
「責任」が抜け落ちているのは許せない。
　新聞とは、ご縁を失くした。

　タイタニックは沈没したのです。

　次なる冊子発行の必要に迫られる、'13.7.まで空白。

寺院との関係は、ある導かれる縁によって '13年2月から始まる。
'13.7月、図書館事件と共に冊子の発行をせざるを得なくなり、
【NO81／□　始め西より伝う・・・】
【NO82／□　二つのメルセデス　】
【NO83／□　蛇の時代】
　発行と共に、新聞に戻り、寺院との和解の折が来たときは、次なる仕事をしようとしていた。「花のない花屋」との新聞隠語。
　ここには又、日本の精神界による次元の齟齬という問題が控えていた。

〈縁覚界〉は、立体性と次元性の変化を内包する個性的な世界観を生じせしめ、密なる覚醒を味わう次元。日本流にいえば幽玄なる世界観を哲学との相乗効果を齎して表現するその世界観の如く、社会的な一般性に歴史的な堆積として、街路一つの風景を取り上げてもその感覚的に深く、豊かな薫陶が息づき、浸透し、溶け込んで、生から歓喜を引き出しているのが西欧だ。この感覚が人間の関係に生じるか、生じないかで世界観における社会性がどのように変化するか、とは哲学的な視野に欠ける日本にとって重要な問題である。日本では、奥深い滋味が湧き上がる優れたる品を蓄え、桜の花の香りのような慎ましやかな文化性はあるが、精緻、かつ雄大で、華麗なる世界観との哲学性は発生しがたく、馴染みが少ない。殊に、一般性にとっては、地味で、色彩も富んでいると言い難い、半端な武士道精神は矮小、固陋に傾き、政治的な歴史観が影響している感の内向の気質にある。
　状況によっては、唯一度として取り入れられた体験がない、その陰影がより飛翔への機会が生じることなく蓋をする。閉塞を突破の突き抜けるエネルギーに欠け、実録として意味不明の〈縁覚界〉なる美を削いでしまう。日本に馴染みがない

といえ、【十界論】には〈縁覚界〉の存在は明かされている。未知領域を乗り越えた積りの（傲慢）さは、より豊かに進展すべき処の様々な孤島性の弊害が足を引っ張り、一層の偏屈な閉塞の空気に陥り易い。こういう問題は、新世代が国際化から体験として学んで、大陸からの空気を吸収して持ち込む暁を待つしか、言葉を以てしても明かすことはできないことのようである。

　それをこそ〈声聞界〉ではなく、体験としての〈縁覚界〉と言うべきなのかもしれない。

'13.7月10日・図書館事件
'13.8月18日には風流夢だん・電子図書解禁　／（出版許可）。

────────（11）日本の宗教

文学・哲学・宗教　黄金の国　　　　　　　　　　　　　　'13.6.14

NO. 82　　□　二つのメルセデス

'90年・新聞社に送った論文に対して、

「NO. 10／□　マジックの意味　付　'98.4.23」文中　新聞社の隠語で
　　　　"二つのメルセデス"との部分があります。

その〔一〕新聞社は、宗教を勉強していて、日蓮正宗の意味を掌握した。

その〔二〕社会科学における次元の変換
　　　　　日蓮仏法の＜一念三千世界十界互具論＞は人文科学の整列を
　　　　　以てその意義を果たしている。そして、次元の変換に西欧の
　　　　　緻密さの経過なしに、その解明はできない。

〈六道〉　　　　　　　　———〉　　〈声聞界・縁覚界〉
地獄・餓鬼・畜生・修羅・人・天界
〈理の一念三千世界〉　———〉　　〈事の一念三千世界〉
　　平面性　・　表層　　　　　　　　　立体性　・　深層

　　　　　　　　　現状と未来の社会次元
　　　　　　　　∞∞∞∞∞∞∞∞∞∞∞∞∞∞

　　☆　　一般常識　　　　　　　☆　　哲学解釈
　　―　　　　　　　　　　　　　―

　　　　主体性の六道　　　　　　　　声聞・縁覚

　　　　表層　　　　　　　　　　　　深層

　　　　建前が現出しやすい　　　　　本音

　　　　嘘が多い　　　　　　　　　　真

　　　　浅く、狭い関係性の解釈　　　広く、深い解釈

　　定置と慣習は人を無意識化するので、
　　　　理に明らかでないと熱量を以た動物と化する。

《 21Ｃ は、嘘と真が逆転の危険な世紀 》 日本は＜真を知る武士道の国＞
――――――――　　　　　　　　　　　　　　　　　　　――― 2013. 7.23 ―
――――――― 人が嫌悪する生理問題から
　　　　　　　　次元（思想）の変換をする！？　安全な方法

生理問題は誰にもあることなので、その事実を受け入れ、
社会認識化（米・ある組織　vs　もののけ）の過程を経て、忘却していくもの。
　　しかし、

生理問題を社会の笑いものの対象にした。
現状は、笑いものにすること＜赤々赤の羅列＞が行われた。

生理現象を隠し立て、恥とし、否定できないのを否定する、歪みを継承してきた暗黙の認識が、社会を汚し爆発物を滞留する厄介な心理機関として機能し始めるのである。

本来、忘れてしまうべきことが、嫌悪の刻印を押された特別のものとして、忘れるどころか隠して、心に溜める行為が、いつか噴出しようとするエネルギーとして、正常ではない異常心ルートを創出する。＜生理！　建築法！　犯罪を無視！　等の　闇回路＞

　　　生理が汚いのではなく、異常心理ルートが汚い。

深層に眠り、操る　無意識の95％の異常ルート、黒・グレーを引き出すには、

表層に5％の黒．グレーが現れることが必要。

100％白色の積りでいる人々は、5％の黒・グレーははっきり目に映るので指弾する。
しかし、その5％の黒・グレーの意味とは、

　　　　　内蔵している95％の黒・グレーを引き出す、手引きの5％であり、
　　　　　95％の白色の力による。

　生理問題は隠すものではなく、忘れるもの。
　それを社会に持ち出し、ぶちまけ、嘲笑という行為をする。

　自己にもあることを、多数で笑いものにするという行為をする。
　無意識の導入、夢遊病に依って、間違いを信じこんだ社会は汚れる。

　　嘘で穢れている95％の
　自己を知る、という言葉が、哲学では難しい問題として捉えられる。
　その間違っている認識により、
　嘘、曲がったものを信じ込まされていた穢いものが、
　意識の主体性にぞろぞろと姿を現すことでしょう。

あなたに、生理性はないの？　　単に、正直になればいいのです！

著者プロフィール

高瀬 京子 (たかせ きょうこ)

出身　　大阪府
学歴　　都内商業高校
職歴　　家族と店舗経営

文学・哲学・宗教 黄金の國

2014年7月15日　初版第1刷発行

著　者　　高瀬 京子
発行者　　瓜谷 綱延
発行所　　株式会社文芸社
　　　　　〒160-0022　東京都新宿区新宿1−10−1
　　　　　　　　　　　電話　03-5369-3060（編集）
　　　　　　　　　　　　　　03-5369-2299（販売）

印刷所　　広研印刷株式会社

©Kyoko Takase 2014 Printed in Japan
乱丁本・落丁本はお手数ですが小社販売部宛にお送りください。
送料小社負担にてお取り替えいたします。
ISBN978-4-286-15075-8